名家小写文集

永远的纤绳

钱国丹 著

北京联合出版公司
Beijing United Publishing Co.,Ltd.

图书在版编目（CIP）数据

永远的纤绳 / 钱国丹著 . -- 北京 : 北京联合出版公司 , 2024. 8. -- (名家小写文集). -- ISBN 978-7-5596-7925-3

Ⅰ . I267

中国国家版本馆 CIP 数据核字第 2024G7S884 号

永远的纤绳

作　　者： 钱国丹
主　　编： 张海君
出 品 人： 赵红仕
出版监制： 张晓冬
责任编辑： 管　文
特约编辑： 和庚方　张　颖
封面设计： 立丰天

北京联合出版公司出版
（北京市西城区德外大街 83 号楼 9 层　100088）
三河市同力彩印有限公司印刷　新华书店经销
字数 260 千字　710 毫米 ×1000 毫米　1/16　13 印张
2024 年 8 月第 1 版　2024 年 8 月第 1 次印刷
ISBN 978-7-5596-7925-3
定价：65.00 元

目 录

第一辑

亲情暖暖

永远的纤绳

弟弟打电话来，说母亲一跤摔了个脑震荡，休克了半个月都不曾苏醒，医生说很可能会变成植物人。

我的心一点一点地往下沉。我明明知道，再好强、再健康、再叱咤风云的人物，也斗不过岁月悠悠和造化捉弄，何况我的平民母亲?

母亲是个极有主见、极有权威的人，舅舅、姨妈都听她的，更别说我们做子女的了。她年轻时很美，却丝毫没有美人的种种毛病。她的能干，她的刻苦，方圆百里都有口皆碑，如今她年过八旬，又是种菜又是栽花，把家里收拾得纤尘不染。这一次，她是在给邻居送菜的路上，被一条狼狗撞了个仰面朝天。

车子向着故乡疾驶，车厢里横冲直撞着的是和我心境极不协调的《纤夫的爱》。我并不挑剔歌曲，唯独觉得这首歌的歌词有点儿轻佻，有点儿肉麻。对着哥哥的“一步一叩首，泪水在我心里流”的词儿，我老想说：小妹妹你还干坐在船头上做什么？你怎么能坐得住啊？赶快下船和男人一块儿背纤去啊。

我一直以为，婚姻就是一根纤绳，把夫妻二人拴在一起。或者说它一头拴在“当家的”身上，一头拖着的是“家庭”这船，虽然也有“荡悠悠”的风光，但更多的是责任，是“背纤”的负重。随着子女的出生，负荷的增大，这条船将越来越沉重，如果再遭遇风浪，背纤的艰辛就可想而知了。

传统的中国家庭，都是男人背纤。

我的父亲是音乐教师。他天赋极高，填词作曲、吹拉弹唱都行，只是被穷乡僻壤给淹没了。父亲当年还是热血青年，抗日战争时期，他用音乐来冲锋陷阵，奔波在敌后，那些年，母亲总是提心吊胆，一家人过着聚少离多的日子。

最温馨的记忆，要算我五岁那年的春天。父亲踩着那架咕哒咕哒的风琴，教我唱《解放区的天是明朗的天》。父亲的狂喜感染了我，我虽然不大明白歌的意思，但这并不妨碍我唱得如醉如痴、如癫如狂，母亲则在一旁，很幸福地看着。那情那景就成了我这辈子永远的甜蜜。可谁又能料想到，余音绕梁词犹新，父亲就出了事，坐了牢。那一年，他还不满29岁。

父亲的纤绳戛然而断，我们这个九口之家顿时就橹折舵裂。母亲没有哭泣，没有躺倒，更没有听人劝说另抱琵琶去嫁什么前途无量的新郎。她义无反顾地拾起那根断了的纤绳，用女人柔弱的肩，背起沉重的纤绳，开始艰苦跋涉。她脱了鞋袜，下到水田里，插秧割稻，灌水挑粪。稻叶把她的肌肤锯出多少几何图形，蚂蟥喝了她多少鲜血，烈日晒脱她几层皮，我心里都清清楚楚。

母亲付出了所有，换回的粮食却填不满一家的辘辘饥肠。家里本来就没有积蓄，为了不让我们饿死，母亲就开始卖家具。橱柜、桌子、椅凳、谷仓，最后，两张木床都让人给搬了去，一家人就挤在吱吱作响的几块破板上。

一年之后，仅读到初中一年的母亲又谋得个初级小学代课教师的职务，后来还让她转了正。漫长的31年，母亲所付出的，岂止是平常人的三四倍？

父亲出狱后，承包了一应家务，包括给弟弟喂奶，洗尿布。当然，他也下田干活，干得几乎和真正的农民一样好。别人家都是严父慈母，我家恰恰相反，是严母慈父。严峻的生活，使得母亲不苟言笑，我从来没有听母亲哼过一句歌，是她五音不全？还是没有心情？我不得而知。

漫长的31年，忍辱负重的31年，经常揭不开锅的31年，冻僵的手拿不住笔和筷子的31年啊！我的无怨无悔、相濡以沫的父母啊！

有一件事我至死都不会忘记。因为缴不起学费，奶奶说让我别读书了。母亲斩钉截铁地说：“读，我就是讨饭也要让他们读书！”

父亲出狱那年已经60岁，感谢上苍，受了这么多磨难的父亲依然身体健康，精神极好。父母亲的真正生活，是从60岁才开始的。从此，他们相依相伴，不再分离。父亲31年没有工作，他希望能在他的有生之年给补回来。而学校，很乐意返聘我兢兢业业又不计较报酬的父亲。从此，校园里总是飘扬着我父亲嘹亮的歌声。父亲乐此不疲地干到80岁，在我们子女的强烈抗议下才鸣金收兵。

彻底退休后，父亲仍然爱好音乐，在他的身边，总是聚集着众多爱唱歌的老头老太太，父亲自制了一个硕大无比的歌本，抄在上面的字一个个足有酒盅那么大，为的是让老眼昏花的朋友们能一目了然。他买了架电子琴，叮叮咚咚地弹奏着。

接着，他们搬回了老家的旧房。我每一次回家，都会被屋前屋后的鲜花和瓜果蔬菜所包围。我们东拉西扯地唠着家常，母亲倾其所有地弄菜弄饭。酒足饭饱之后，我们父女的歌咏开始。一曲《为了谁》，我们唱得回肠荡气，而母亲则在一旁满足地看着。她不开口，母亲怕羞呢。

可是现在，母亲躺在医院的病床上。她双目紧闭，知觉全无，浑身上下插满了管子。她显得那么苍老，那么衰弱，几茎枯槁的白发在人们带起的气流中微微颤动。

床边不缺人。子孙、亲戚、友人、学生，走了一拨，又来一拨，使得单人病房像过节似的热闹。寸步不离守候着母亲的是我的父亲，父亲非常镇静，非常安宁，那是大彻大悟的宁静。他哼着歌，一曲又一曲。我知道，母亲如果永远睡着，父亲将重新背起纤绳，牵着母亲双双走向永恒。

父亲一边抚着母亲那只皮下淤血的胳膊，一边贴近她的耳边，呼唤着："阿莲，醒醒，丹儿来了。"

母亲没有反应。

弟弟说，父亲已经呼唤了半个月了，母亲仍旧昏昏沉沉。父亲不气馁，他说："阿莲，我们唱歌。"

他独自哼了起来，一曲又一曲。

我忽然觉得，纤绳已经变成了一根拔河的绳子，站在这一边的是我的父亲，而那一边的是法力无边的死神。

我在医院里，无奈无望地待了几天。那天下午，阳光明媚，父亲看着母亲平静的呼吸，对我们几个姐弟妹说："没事，你们的妈会醒过来的。别耽误你们的事儿，都回去吧！"

外面突然鼓乐大作，原来是医院外有一对年轻人在举行婚礼，喇叭、唢呐，奏着疯狂的《纤夫的爱》。父亲对母亲说："阿莲，唱，我们也唱《纤夫的爱》。"墙外的音乐如火如荼，爸爸兴奋地唱着："妹妹你坐船头，哥哥在岸上走……"

妈妈的手指一动，又一动，然后，胳膊便伸出了被窝，跟着音乐的节奏，缓缓摆动。妈妈的嘴也开始翕动，幅度极小，没有声音，父亲将耳朵贴近母亲的口唇，听着听着，他的身子一挺，道："醒了，你妈她醒过来了，她在唱歌呢。"接着，父亲的音量逐渐放大："恩恩爱爱纤绳荡悠悠……"

这场拔河比赛，父亲赢了。

两位耄耋老人，两颗白发苍苍的脑袋。他们唱着，把一首轻佻的歌，唱出生死悲壮，唱出地久天长。

母亲的旗袍

母亲有四件旗袍，那是她的嫁衣。但我只见过它们叠得整整齐齐地放在衣柜里，从没见母亲穿过。因为自我记事始，就是学唱《解放区的天是明朗的天》，就是扭秧歌打腰鼓，谁见过穿着旗袍扭秧歌打腰鼓和唱《解放区的天是明朗的天》的吗?

旗袍被当作地主、资产阶级家的小姐、太太的奢侈品，被扫进历史垃圾堆里去了。而更多的女人把它们收藏起来了，收藏着干什么？恐怕她们自己也不知道。

其实，母亲和小姐、太太的边儿都沾不着。她在娘家过得连大户人家的丫鬟都不如。我的外婆小时候缠足缠残了，整天窝在床上，是真正的举步维艰。残疾的痛苦让外婆变得性情乖戾，后来她又得了严重的胃病，但这不耽误她的生育，她一口气生了八男一女，养活了的就有七个。外公家没有土地，一大家子人挤在几间破房子里，就靠外公在数十里之外的山区当教书匠养活。

外婆特别重男轻女。我母亲又是家里的老大。母亲说她自己刚会走路，就开始干活了。随着年龄的增长，她肩上的家务担子也越压越重。直到她十八岁婆家催她过门，外婆还死活不想放手。外婆对她的亲家母说，我这女儿是当丫鬟使唤的，你要娶我女儿去，得还我个丫鬟。这丫鬟也要像我女儿这般粗活细活全会，也得像我女儿一样不拿工钱！

后来，也不知是谁出面，帮我大舅找了个15岁的童养媳，母亲才得以脱身，嫁到我父亲家里。

我父亲也是个教书匠，但是有爷爷留下的几亩薄地，条件要比外公家好些。父亲卖了地，送了彩礼，所以母亲的嫁妆——一些木器和几件衣服，应该是用我爷爷的土地换来的。

母亲的旗袍都很素净，一点儿也不像我们所见的电影、电视剧中的旗袍那样。演员们追求美，追求回头率和收视率，那些旗袍总是把她们绷得显山显水。母亲的是老式女子的老式旗袍，虽然也美，但是宽松实用，她考虑的是干活和以后喂孩子方便。更有一点，老式女人讲究"藏"，她们讲究足不出户、笑不露齿、衣着不露锁骨，她们严格遵循"慢藏诲盗、冶容诲淫"的祖训，总是努力地把敏感部位遮起来。

母亲的旗袍有两件是暗格子线呢的，一件是酱红色斜纹哔叽的，都是牢固的面料，可以"新三年，旧三年，缝缝补补又三年"地穿着。唯有一件是墨绿色绸缎绷的棉袍，绸缎的颜色很暗，暗得基本上看不出花样来。

在扭秧歌的队伍中，我是最小的，我像一颗小豆子，在长长的队伍前头蹦跶着。扭秧歌必须穿红缎袄，我家没有红缎袄，母亲拿出那件墨绿色的棉袍，拦腰剪断，把上半部分改改，就成了我的演出服。虽然颜色幽暗，但映在一片红袄里面，倒也有"绿叶扶红花"的味道。

秧歌队都是黄昏出去的，一个村庄一个村庄地巡演下来，虽不到午夜，也早不到哪儿去。我瞌睡死了，回家的路上，眼皮打架，步履蹒跚，叔叔们抱起我，我总是在熟睡中被送回自己家床上。尽管如此，我还是乐此不疲地每晚出去，然后被抱回来。

好日子没过几个月，我父亲入狱了。母亲带着四个孩子硬撑了一年，我们饱尝了有上顿没下顿的滋味。最后母亲咬了咬牙，决定把最大的我寄养到县城我大舅家，让大舅供我上学。

听到这个决定，我哭得上气不接下气。我虽然还不满七岁，也明白寄人篱下的尴尬，更害怕遭受城里孩子的奚落和白眼。

母亲却行动起来了，她把那件酱红色的旗袍剪开，上边改改，算是给我做了件新衣，那下摆呢，就给我做了个手提式的书包。母亲的女红绝对一流，她亲手缝的衣物针脚细密，痕迹平整，别人都以为是用缝纫机做的。母亲裁剪的书包造型别致，前后两片和底部的接缝处，还有两道窄窄的米色镶嵌，这两种颜色的配搭，使书包有了特别的效果。书包缝好了，却找不到书包带子。母亲想了想，找出她米色和浅蓝色的两双长筒丝袜，让我拉紧了，她操起剪刀，哧啦啦地纵向剪开。我说："这丝袜好好的，剪掉太可惜了。"母亲说："旗袍都不要了，还要丝袜做什么！"

剪开的丝袜自己卷成了圆圆的条子。母亲把两种颜色的条子挂在蚊帐钩上，让它们垂下。她自己拿住浅蓝色的两头，也嘱我拿住米色的两头，双手一交叉，把袜条子换了手。就这样，她一下我一下，一条圆圆的、漂亮的十字花的辫子编好了。母亲剪取了适当的长度，分别缝牢在书包上，辫梢自然散开，像四朵怒放的菊花，缀在书包的两面。

"母亲制造"的书包不但不土，还出奇地漂亮！我提着这个书包坐上了去县城的小火轮，引来许多艳羡的目光，人们在啧啧称赞的同时，都问我是从哪里买的。我拎着这个书包来到城关最好的小学，虽然我的衣服是旗袍改的，虽然我的布鞋前头打着补丁，我的书包却为我挣足了面子。同学们和家长们围观了我的书包，连我那美丽的、洋气十足的班主任也说："钱国丹，你的书包是上海买的吧？我也要托人给我女儿买一个！"

三周后我回了一次家，说起书包的遭遇。母亲在屋里徘徊了一会儿，然后打开衣柜，把两件隐格子的线呢旗袍拿了出来，同样一剪两断，说上半截留着给弟弟妹妹们改衣服，而下半截呢，她又开始缝起了书包，说一个送给我大舅的女儿——比我小两个月的表妹，一个送给我班主任的孩子。母亲在灯下赶做书包时，我看到她的眼睛里有东西一闪一闪的。她发觉我在看她，赶忙把头扭了过去。

功课完毕太阳西

这是我来到世上会唱的第一支歌。在这之前我也许唱过别的歌，可早就忘得精光，而这一首，恐怕会伴我到最后。

那一年我大约三四岁。父亲不知从哪儿弄来架四角都绽了漆皮的旧留声机，只见他使劲地摇着那根弯弯曲曲、细细瘦瘦的把手，黑黑的唱片便开始旋转，转出一圈圈细细密密的涟漪来。父亲轻轻地放下那个有着长长的脖子、装着枚独脚唱针的歪歪脑袋，留声机里就飞出这支歌儿：

功课完毕太阳西，
收拾书包回家去。
看见父母行个礼，
父母见了笑嘻嘻。

很简单很明快的一首歌，我想谁都会和我一样很快记住。留声机里先是一个孩子领唱，“功课完毕”，又叫大家“一块儿唱一块儿唱”，然后其余的孩子好像来不及跟上，于是他（或她）继续领唱，这一回是完整的一句，“功课完毕太阳西”，又让大家跟着“一块儿唱一块儿唱”，孩子们（大约有四五个）便齐声唱了起来。那歌声极美妙，那些童音极娇甜——不，用任何词汇都无法描述我当时所受到的震撼，幼小的我身体一阵阵发颤，一阵阵发热，滚烫的眼泪夺眶而出。

接下去我围着留声机，傻乎乎地转来转去，又爬到凳子上，往那个奇妙的匣子里窥看，妄图找出那帮唱歌唱得如此好的小朋友。

当然什么也找不到。歌唱完了，可是里边的故事没有完，孩子们小喜鹊般喊道："爸——"一个女人的声音回答："爸爸出去了。"孩子们便齐声喊："妈——"那女人亲切地"嗳"了一声，说："爸爸看国货展览会去了。"

接着是一个孩子汇报："今天考试，妹妹考得不好，哭了。"那母亲问："考什么呀?"孩子回答说："为什么要买中国货，不买日本货。妹妹答说中国货好，日本货不好。"然后是母亲讲了一番道理，大概既有妹妹为什么答错题的原因，又有要买国货不买日本货的爱国道理，孩子们仿佛都听懂了，最后大家齐声，把这首我认为好听无比的歌从头至尾又唱了一遍。

当时我比那位"妹妹"的年龄还小，离"功课完毕太阳西，收拾书包回家去"还有一段距离，对唱片里母亲的教导，唱片外我父亲的讲解，都是半懂不懂的，但对这首歌里的文明礼貌，家庭温馨，却感受至深。

那架留声机和唯一的那张宣传抗日、抵制日货的唱片，早已不知去向，而那优美的旋律却烙在我心底，数十年过去了还新鲜如昨，可见艺术的魅力和永恒。当然，由于当时年龄太小，我根本就不知词曲的作者是谁；也由于年代久远，所记的歌词或许有谬误，谨请读者不吝指教。

要染纤纤红指甲

记不得是谁的诗了，只记得这么两句：要染纤纤红指甲，金盆夜捣凤仙花。

很美，很“女儿”。

娘家老屋的围墙内有两个园子，东边的是我家的，西边的则是我叔叔家的。叔叔带着一家在外地工作，那个菜园就归叔叔的妈——我的阿婆侍弄了。

我家园子里，一年四季种的是瓜、茄、豆、菜。家里人口多，靠母亲的那点儿工资总是入不敷出，因此菜园的每一个角落都得到充分的利用，往往是苦楝树上爬满了丝瓜藤蔓，棕榈树下长一窝芋艿蕉藕，就连断墙上还放了一排的破面盆、破罐坛，装上土和灰，种了些葱啊韭啊茴香什么的。

每年春夏，豆角花浅蓝深紫，丝瓜花嫩黄金灿，茄子花像一口口玲珑的小钟，芝麻花小白蝶般成双作对地往上蹿。它们都美丽，都喜人，更兼几分丰收的喜悦，可比起那些真正的、只供观赏的鲜花来，到底是逊色多了。

阿婆把园子耪成六畦，两畦种蔬菜，两畦种苎麻——苎麻是一种一劳永逸的植物，不用怎么理它，一年两茬只管去收割好了，而靠窗的那两畦，阿婆种了鲜花。

十姐妹，几分像大丽，几分像菊花，却会开出十种不同的颜色；午时花，只在白昼时分绽放，虽然娇小，却鲜润无比；夜饭花，有红白两种，小喇叭状，在傍晚时开得又旺又香；三十六桶花像百合，鳞茎多淀粉，味极苦，荒年时洗上三十六桶水去掉苦味可吃；鸡冠花、白玉兰、蝴蝶花、满天星、月月红、栀子花、含羞草、万寿菊、秋海棠，还有篱笆上的牵牛花……在阿婆的精心护理下开得生机盎然，如火如荼。

最可人的却是凤仙花。殷红、艳丽，因为层层重瓣而显得雍容，且一行行，一排排，开出一种旺象，一种气势。我每每站到阿婆的花园旁，都会被满园的姹紫嫣红所震慑，所感动，我常常觉得眩晕，感到一阵阵迷乱……

吃过晚饭，总有邻居的囡儿们来讨凤仙花。她们将这花叫作“指甲花”，讨回去为的是染指甲。在阿婆的“不要踩痛、踩伤花们”的嘱咐下，她们小心翼翼地移动着脚步，然后尽挑肥硕的朵儿摘了去。第二天，她们就举着双手，将染得红红的十个指甲一直送到我阿婆的眼睛前。

我羡慕得要命，可是母亲不让我染指甲。在母亲严厉的管辖下，我当然不敢“资产阶级”，所以我的指甲从来只能是素面朝天。

十岁那年暑假，父母都到城里学习去了——确切地说是母亲学习去了，父亲则是去带我那才两三个月的小弟，将我们留在家里“猴子称大王”。晚上沐浴后，我用水把院子洒得湿湿的，然后和二弟抬出了竹床板，用两条长凳架好，姐弟妹们就横七竖八地躺下，数星星，唱儿歌，央求阿婆和住在我家的亮哥亮嫂讲故事，享受一天中最美好的时光。

阿婆总是坐在她园子门口的一张竹椅上，大蒲扇挥得啪哒啪哒响。凉爽的风儿一阵阵吹过，院子里的花香沁人心脾，隔墙传来女孩子们用小小的臼杵捣砸凤仙花的声音和她们快活的嬉笑声。

阿婆突然说："阿丹，你也染回指甲吧！"

我猛一激灵，蛰伏的欲望被挑动起来。可是想起母亲严厉的面容，我立即就蔫了。

亮嫂在院子里给她儿子洗澡，说："染了指甲多好看啊！"我问："亮嫂，你做姑娘那阵也染指甲吗？"她说："当然，只是没有这么好的指甲花罢了。"

"她妈也真是的，女儿家染一回指甲，哪里就变坏了呢？"阿婆说。

"阿丹哪敢？她如果染了，她妈怕要把她的指头都敲断了！"亮哥仰在躺椅上，大着嗓门逗我说，"你说说，到底敢不敢？"

不知道是抗拒不了诱惑，还是被亮哥激起来了，我从竹床板上跳了起来，说："染就染，有什么不敢的！"

我进了阿婆的园子。夜色中，园子更显神秘，我一半摸索一半辨认，仔细地采撷了两大捧的凤仙花骨朵儿，正要出园时，阿婆说："连凤仙叶儿一并摘了，等会儿你还得用它们来包指头呢。"

没有杵臼，阿婆的声音又起："用水泼泼台阶，拿秤砣砸。"

洗净了台阶和秤砣，我将凤仙花堆在台阶上砸了起来。

"搁点盐。"

"搁点明矾。"

阿婆在遥控指挥，我一一照办。末了，砸成一堆花泥酱酱，我把这些酱酱一小撮一小撮地堆在十个指甲上，平举着两只手问：

"接下去该怎么办呀？"

"你就这么擎着吧！"亮哥幸灾乐祸地说。

亮嫂将儿子放在亮哥的肚皮上，过来给我包扎指头。她选取那些较宽的凤仙叶子，在我指头上绕了一圈，再将叶边儿倒折过来，防止汁液流失，最后用苎线扎好。于是我的十个指头，全都戴上了湿漉漉、鼓囊囊、散发着浓浓的凤仙花香的指套儿了。

“今晚睡觉可要小心，哪个套儿掉了，哪个指甲就染不成了。”阿婆拍打着蒲扇，她的声音已充满了睡意。

那一晚我睡得老实极了。第二天一早，十个指套完整无缺。我摘下了那些被我的体温烤得半干的叶套，呀，十个指甲亮丽无比，艳红无比，那红是透明的，鲜活的。

我一辈子就这么美丽了一回。

如今看一些美女的红指甲，总觉得是涂了一层油漆，穿了件盔甲，显得笨拙而虚假。那些涂料还不牢固，不时地剥落了一小块，把指甲弄得要多难看有多难看，更有甚者，那些化学物质让指甲坑坑洼洼的都病态了，也不知道对身体有没有伤害。我就越发觉得“绿色美容”弥足珍贵了。

所以我奉劝爱美的小姐姐们：多种一些“指甲花”，“要染纤纤红指甲，金盆夜捣凤仙花”。

除岁照岁

台州人把除夕叫作“除夜”，而我家乡却把除夕叫作“除岁”。反正是一回事，“爆竹声中一岁除，春风送暖入屠苏”，王安石早在公元 11 世纪就把它写得很清楚了。

少年时代的我一直不懂，为什么把一年里头最后一夜叫除岁呢？“岁”就是年，年年岁岁，一年过去了就过去了，为什么要把它“除”掉呢？

家乡还有个活动，叫作“照岁”，就是在大年三十那个晚上，家家户户都在房间内、家什里，点上红烛。有钱人家的红烛大些，没钱人家的红烛小些。我小时候，家里穷，食能果腹、衣能蔽体成了父母亲最大的心愿，谢年、照岁、迎春这种近乎奢侈的民俗活动也只能忍痛割爱了。

有一年好像是境况稍好，父母亲也开始张罗“照岁”，但用的红烛是最小的“十支”。当时买烛是用秤称的，“十支”就是一两有十支的那种小烛，小得就像小孩子的小拇指头。

照岁真是件赏心乐事，首先，孩子们在那天都允许玩泥巴，因为蜡烛需要支承体，而穷人家根本没那么多的烛台。天寒地冻的，我们下到河塘里，去挖那种细腻的青淤泥，然后回家摔摔打打地做起烛台来。我们随心所欲地创作着，有圆锥体的，有方台形的，也有小泥人和小动物，关键是立得住，立得稳，然后在上头插上一截香梗，放在风里晾得稍干就行了。

一整天，孩子们的心里都痒痒的。好不容易挨到天黑，兄弟姐妹们争先恐后地忙碌起来。大家先把一支支小红烛插在泥烛台上，接着便开始点烛，点上了，小心翼翼地用手护着，用身子挡着，不让它被风吹灭，不让它迎风“流泪”。

烛光摇曳，人影幢幢，难得的满足与祥和拥着我们。

“照岁啰！除岁啰！”爸爸是很容易满足的，他快活得像一个大孩子，和我们一起跑进跑出。

“照岁除岁，从里往外。”妈妈教导说。

“为什么?”

“除岁就是除祟呀，点这么多蜡烛，照得妖魔鬼怪无处躲藏，我们从里到外把祸祟、晦气、污秽都赶跑。”

气氛就变得严肃、神秘起来，我们诚恐诚惶地做着一切，生怕一不小心就让“祟”们藏匿起来，继续祸害我家。

我们按照父母的指点，先把蜡烛放进谷仓、米缸里边，边放边祝颂：谷仓满登登，米缸满登登；接下来是正屋、卧室、眠床里边，诵着“妖孽快快滚，急急如律令”；然后是厨房，饭箩、菜柜里；再就是过道、檐下、院子；还把蜡烛点到了猪圈旁、鸡窝上、茅坑背；最后我们来到了大门外，找一个无风的角落，架起几爿瓦片，把烛台放进去，点着蜡烛，然后赶紧关上大门，以免“祟”们卷土重来。

有两处的照岁比较特殊，一是水缸里。水缸里怎么点烛呢?泥烛台掉进水里岂非污了一缸清水?我妈有办法，她手拿一截萝卜削就的烛台，叫我把它放进碗里，插上蜡烛点上，然后将碗轻轻放进水缸里。白白的瓷碗，红红的萝卜，幽幽的烛光，在水面上轻轻荡漾着，让我怦然心动。另一处是柴仓，柴仓满是干柴，引起火灾就不得了了。我爸也有法子，他拿了个拗斗，舀上半斗水，仍拿口碗装上蜡烛在水里浮着，再让这个拗斗稳稳地坐在柴仓里，这样就万无一失、平安无虞了。

屋里屋外全是星星点点的烛光，淡淡的美丽，淡淡的温馨，还带点淡淡的忧伤。一家人就在这淡淡的氛围里憧憬着，盼望着明年平平安安，盼望着日子过得稍好一些。

接下去应该是守岁。我们都累了，鸡啄米般打起瞌睡来。父母亲一个个将我们抱上了床，床里的那支小烛已经燃尽，我们像一窝小猪般挤挨在一起，很快就进入了梦乡。

通宵达旦的守岁是大人们的事。

赤脚走在雪地里

前两天下了一场大雪，让我想起我小时候家乡的那场大雪。

我的娘家离温州瓯江口很近，那里气候宜人，极少下雪。在我八九岁的那个冬夜，一场大雪却悄悄而来。早晨起来，只见天地万物皆白，让我觉得陌生又惊喜。

我家弟弟妹妹很多，做为老大，妈总是打发我扫庭院、洗尿布、喂鸡鸭，还常背着弟弟或妹妹干活，那背带深深地勒进我的双肩，让我现在想起来还觉得肩胛酸痛。

我很羡慕别家的孩子有玩耍的时间。那夜的一场大雪，就像给了他们一个重大节日似的，他们堆雪人、滚雪球、打雪仗，都玩疯了，我却只有艳羡的份儿，连驻足多看一会儿的资格都没有。

那个上午，母亲正在给小弟喂奶。她指着一篮子刚刚从自家园里剥下来的压雪芥菜，叫我去河边洗。我踅到了屋后，准备去开后水门——因为怕挑水打湿前院和前屋，我家乡那边的人们挑水总是从后门出入，那扇门也就叫作“后水门”。

后水门一开，北风裹着雪粉呼啸而入，冷得我缩了脖子。我抬眼望去，麦田是白的，村树是白的，路边茅坑背都是白的。再看那条通往河边的小路，已变成一条肥肥白白的鳗鱼。

我看着自己脚上的千层底布鞋，心生畏惧。那时候我们家很穷，全家人都没有一双雨靴或球鞋，而过年时每人一双的千层底布鞋也是母亲千针百线做出来的，只供我进教室和特别寒冷的冬日穿。平日里，尤其是下雨天，我们都是打赤脚的。

如果我把这双布鞋穿到雪地里，雪一化，我的鞋岂不糟蹋了吗？所以，我是无论如何也舍不得用它来踏雪的。但是让我赤脚走这么厚的雪路，想想都发怵。

我打了退堂土鼓，回到了屋里。

父亲见我畏首畏尾的模样，就开始翻箱倒柜，终于，他找出一双他结婚时穿过的棕红色的皮鞋。他让我脱掉布鞋换上他的皮鞋，说皮鞋不怕雪。我照做了，可皮鞋太大，我的小脚根本承载不起。于是，爸让我穿回布鞋，然后把穿了布鞋的脚穿到皮鞋里去，再把皮鞋带系得紧紧的。我站起身子试了试，皮鞋很大很重，但勉强可以走路了。

我提着芥菜出了后水门。我小小的脚穿在硬若木屐的皮鞋里，每迈一步都觉得沉重，皮鞋就这么载着我，在雪鳗上深一脚浅一脚地前进。

抬眼望去，四下里只有我一个人。皑皑白雪，棕红皮鞋，碧绿的芥菜，应该是一道亮丽的风景。可我的寒衣单薄，雪风都快把我冻僵了。

大皮鞋塑出一个个深刻的雪窝窝，雪窝窝串连成一条巨大的链条，将我牵引到村外的河边。

那条河原本很宽很深，一年到头，机动的火轮头拖着十多节船厢跑来跑去。那是个特别缺水的“燥冬”，河面窄得只剩下河中心的一道一米半宽的沟浃。可别小看了那条沟浃，一个大人直直地下去，那脚还探不到底呢。当然，这个冬天因为缺水，火轮早已停开了。

我艰难地走下因积雪而变得臃肿的河埠。站在最下面一个石级上，对着仍旧遥远的河沟发呆。石级下面是倾斜得十分厉害的河床，河床上又七歪八斜地躺着因河埠塌坍而留下的棱棱角角的大石块。以我那“苍蝇套绿豆壳”小脚大皮鞋的配置，我是无论如何跨越不了那些障碍的。

可是芥菜不能不洗，这还是我家唯一的下饭菜呢。我咬了咬牙，毅然甩掉大皮鞋，扒掉布鞋，光着脚丫，小心地踩着那些一步三摇带雪的石块，走下那段河床，把冻得生疼的双脚赶紧浸泡到河水里。

河水是友好的，它非常温暖。我愉快地洗完了芥菜，一手挎了菜篮，一手提着皮鞋布鞋上了岸。可河岸的雪地里没有一块干燥的地儿让我坐下穿回布鞋皮鞋，我只得赤脚踏雪回家。

雪在我光脚的踩踏下哼哼唧唧，仿佛挺委屈，一会儿，它们全变成了钢针，齐心协力地朝我双脚各个部位刺来。很疼，疼得我直想哭，可哭是要哭给人看的，四下里白茫茫的连只鸟儿都没有，于是我收了泪，跳跃着刺痛的双脚，快速回家。这一路留下了长长的赤脚窝窝，这赤脚窝窝串成的链条，比我出门时的大皮鞋链条可就细小多了。

我推开半掩着的后水门，很快蹿进屋里。爸妈一见我沾满雪花的光脚，就嚷嚷说冻坏了。这时候，我放纵了自己的泪水，让它们喷涌而出。

爸爸赶忙舀了半盆温水，把我的小脚按到盆里。爸蹲在我的前面，用双手给我洗脚，然后抱着我擦干的脚板放在他自己怀里，他用力地搓揉着我的脚背脚底和脚脖子，说这样才能把冻僵的血管弄活过来，以后不长冻疮。爸的手暖洋洋的，直搓得我的双脚和心里都暖洋洋的。

我的脚从此没有生过冻疮，一辈子都没有生过。这让我明白，父母在，最贫穷、最艰苦也是富足的。

外婆的守望

受外公进步思想的影响，17 岁的三舅要去参军，外婆自然是舍不得的。临走的那天，怕外婆阻挠，也怕她哭泣流泪，三舅就对外婆说，我看看大姐去。于是，他来到我家。其实外婆家离我家很近，只要穿过一条辘轳把胡同就到了。

当时的我只有 3 岁。那一天，大人们说什么，我根本听不懂也不想去听。只记得母亲变得少有的慈蔼，她倾其所有给三舅弄吃的。三舅显得格外亢奋，他背着我，屋前屋后飞快地跑着。他还让我挺直身子，把我当作一根杠子，扛在肩膀上。三舅一边跑，一边唱一首我听不懂的歌。我兴奋极了，突然倒栽葱地从三舅胸前滑下，三舅立即抓住我的双脚，就那么拎着我的小脚丫不歇气地跑。我又从他的腋下钻到他背后，再爬上他的肩头，我张扬地尖叫、疯笑——平日里母亲是不允许女孩子家这样放纵的。

还有另一种玩法，三舅坐在一把椅子上，让我横躺在他的一条腿上，嘱我扬起脑袋，双脚向后，夹住自己的脖子，这样我就变成个大“镯子”，套在三舅的大腿上，然后他拨着我的头，让我这个“镯子”飞快地转，直转得头晕眼花，但我还是兴奋得尖叫不已。

人们大都记不得自己 3 岁时发生的事，三舅的离家却以这种特殊的方式定格在我的脑海里。

外婆很快就发现她的老三跑了。她叹息着“儿大不由娘”，也责怪我父母说：“不是自己身上掉下的肉不心痛啊。”

可毕竟人去如黄鹤，留给外婆的只有无穷无尽的思念和担忧。

第二年春暖花开的时节，有人给我家捎来一个小包裹。打开一看，是两个圆圆长长的铁皮盒子。摇摇，沙沙作响。父亲念着罐上的字：福鼎白茶。这是我第一回听到这四个字。再翻小包，却没有别的东西了。

父亲和母亲嘀咕了片刻，就把这个小包裹给外婆送过去了。外婆接过茶叶，一句话也没说，眼泪就流下来了。当时的形势很紧张，就在几天前，我们村有人给游击队送粮，抓住后就被活埋了。外婆的脸色很是凝重，母亲就压低了声音安慰说，这是三弟给我们报平安呢！

外婆天天坐在灶下的烧火凳上。她把白茶搁在烟筒梁上，整日相对，喃喃自语。烟筒梁呈台阶形，最上面的壁龛里供着灶神爷。我不知道外婆是用福鼎白茶供奉灶神菩萨呢，还是盼望菩萨能保佑三舅平平安安。

每年春天，外婆都在盼望着白茶，若是三舅没有及时捎茶来，外婆就会变得魂不守舍，变得眼泪汪汪。几时白茶送到，外婆心里的那块石头才算落了地，整个人也变得慈眉善目了。

年复一年，外婆越发地把白茶视为圣物了。她面对着烟筒梁上的茶罐子，眼神里有慈爱，有担忧，有骄傲，有警惕。她天天盯着那些个罐子，就像一只老母鸡守护着她的鸡崽。那茶叶也不是谁都可以品尝的，只有在永嘉济时中学教书的外公回家度假时，或有贵客登门时，外婆才打发大舅妈拿下那罐茶，撮出几份茶叶，冲上热水，献给外公和客人，其他人是没有资格享用的。

有一天，比我小两个月的表妹提议玩过家家，我们兴高采烈地响应了。大家“做饭”“叠被”，手搭着“轿子”热热闹闹地“娶新娘”。趁着外婆上厕所之际，表妹就把那罐白茶偷到了手，开始“泡茶”，外婆回头发现了，勃然大怒，先把大舅妈臭骂了一通，说她养女不教，又从柴里抽出一根藤条，把表妹狠狠地抽了一顿。

感谢那些白茶，让三舅闯过一个个难关，越过一个个险境——有几次真是九死一生。新中国成立后，三舅在外地工作，还是年年给老家寄白茶，那些茶就成了外婆的骄傲。

光阴荏苒，寒暑流易，我长大了，外婆却逝世了，若干年后外公也驾鹤西去了。三舅极忙，他很少回老家，但是并没忘记往家乡寄茶叶，那些茶叶就成了大舅家和我家的稀罕物。我品着它，慢慢地，就琢磨出它的浑厚，它的醇香，它的朴实无华。喝着喝着，竟就上瘾了，以致有人到福建去，就让他们给我捎白茶。

前几天我回了趟娘家，当然没忘记去外婆的老屋看看。老屋非常破旧，已被大舅废弃了。可外婆的灶台还在，烟筒梁上的白茶罐子也在，虽然都锈迹斑斑了，但它们依然坚定而稳妥地立着，仿佛在守望远方的三舅归来。

大鞋子小鞋子

我婆婆常说：“脚小头碗菜。”

我想，她是把女人比作一桌酒席了，这“头碗菜”是定位的菜，比如现今的“鲍翅席”“燕窝席”。有了这鲍鱼、鱼翅和燕窝，档次自然就上去了，主人也就有面子了。

国人崇尚小脚由来已久，五四运动前，三寸金莲是美眉们的首要标识，所以我婆婆说脚小头碗菜时是非常自豪的。

等到我母亲做女儿时，已经不兴缠脚了。可大脚女人还是要受到奚落的。凤阳花鼓里有段唱词：“我命苦，真命苦，一生一世娶不着好老婆，别人的老婆如花又如玉，我的老婆一双大花足，量量一尺多伊嗨哟。”

虽是调侃，却也反映了男人们的一种心态。

如果我说我大半辈子都是穿小鞋过来的，读者朋友们也许会以为是危言耸听，可不幸的我说的是真情实话。

我出生时，虽然缠小脚已成为历史，可母亲多少还是要约束女儿的脚。那时候的鞋都是千层底自纳的布鞋，我母亲就把鞋做得小小的，起码比我的脚要小些。穿新鞋本来是件令人高兴的事，我却因为鞋子小，穿鞋就变成一次痛苦的折腾了。

母亲总是把我抱起来，放在八仙桌上（必得放到八仙桌上，否则不好操作），然后给我穿鞋。鞋非常紧，不是说穿就穿进去的。母亲一边使劲把鞋往我脚上“磨”，一边命令我说：“挤呀，用力往里挤呀。”我们就这么对峙着，两人都很累，一不小心，我常常被弄得仰面朝天，如果不是八仙桌，我的后脑勺岂不是要磕出个大包？母亲赶忙拉起我，抱怨我连坐也坐不稳。我们母女俩经过一番搏斗，鞋子终于穿进去了。

母亲的鞋子做得非常漂亮，一直以来是别的母亲学习的榜样。穿上新鞋的我总是高兴地出门去，为的是在邻居面前出出风头，可一会儿我就一踮一趔地回家了，因为穿小鞋的滋味实在太糟糕了。我带着哭腔埋怨母亲把鞋子做得太小。母亲就说：“你懂什么！这千层底的鞋是越穿越大的。再说，不卡你一把，你的脚还不知会疯长到什么地步呢！”

可是随着年龄的增长，我的脚义无反顾地往大里蹿，到了初中二年级，已经比母亲的脚大上一码了。那年暑假的一天，我应邀到十里外的一个同学家中做客。可天公不作美，一吃过早饭雨就淅淅沥沥地下起来了，而且丝毫没有打住的意思。

我长这么大，还从来没有买过雨鞋。无可奈何地看看天，叹叹气把头摇。想来想去，我不能失信于同学，于是我一猫身，从床底下拉出母亲的胶鞋，试了试，小了。可又不能赤脚去同学家，于是就硬着头皮穿上了。

我就穿着这双小鞋上路了。同学家在一个山脚下，不通车也不通船。就是通车通船，我也不会奢侈到连十里路也要花钱去找代步，要知道我家离中学三十多里，来来往往还都是步行的呢。

一开始还行。那鞋虽然卡脚，但因为是全胶的，有弹性，还勉强穿得。可走着走着，我的脚仿佛肥大起来，憋胀得非常难受，尤其是十个指甲。我有些吃不消了，只得让脚掌弓起来，稍微缓解一下鞋尖对指甲的挤压。可这样走路，整个脚掌都累得要命，还一阵阵地抽筋。没走几步，就不行了，只得重新伸直了脚板。

就这样伸直、弓起，弓起、又伸直，走了六七里路的光景，我累坏了，脚上热乎乎的，像着了火一样。看看路边有个凉亭，我进去找块石头坐了下来，迫不及待地脱了鞋，给双脚放放风。只见十个脚趾都红红的，脚背还磨出了紫色的血泡，心里直替自己的双脚叫屈：如果我有一双属于自己的合脚雨鞋，怎么会让它受此磨难啊。

我还没有休息过来呢，凉亭里又来了人，我赶紧穿上鞋子，站起身继续赶路。越走越痛得我龇牙咧嘴，冷气倒吸，再接着，我的腰都挺不直了，佝偻得像个虾公。就这么痛苦地走着走着，终于看到同学家的围墙，我强打起精神挺直了腰，进了她家爬满了丝瓜秧的院子。

那一天我的心思全被这要命的双脚牵着，在同学家说了什么、吃了什么、干了什么，一点儿印象也没有了。

回头的路比较轻松，因为我一离开同学父母的视线，就把倒霉的胶鞋脱掉拎在手里，撒开脚丫，跑回家里。

那一晚，我的脚火烧火燎地痛，整个人像发高烧一样。睡梦中，我又是咬牙又是踢脚，弄得睡在那头的妹妹好几次坐起来。第二天，我发现我的脚指甲里边全都紫黑了，再过几天，指甲开始松动，里边慢慢地长出嫩嫩的新甲，老甲陆续死去、脱落，我细看那些早夭的指甲，里边都留着一层干了的血粉。

饶是这么着，我的脚还是长到了37码。并以这个尺寸维持了数十年。香港回归那年，一位自诩是鞋业专家的老同学来看我，一口气送了我三双37码皮鞋。其实皮鞋的码数并不很准，其中两双还好，有一双就紧得我的双脚生疼。我不管不顾地穿它，一是穿小鞋我训练有素，不是随便哪双鞋就能让我轻言放弃的；二是老同学千里送皮鞋情深意重，总不能把人家的好心当作驴肝肺扔了出去，于是就忍受着煎熬给穿了下来，结果是饱经蹂躏的双脚又痛失了两个指甲。

四年前，我南柯一梦幡然醒悟了过来，心想：人这一辈子过得不易，别人给你穿小鞋倒也罢了，为什么自己还苦苦地给自己小鞋穿呢？索性让自己解放一回吧。于是我把自己的鞋子提升了一码。阿弥陀佛，穿宽松鞋的滋味真好，我幸福地吁了一口气。

前年我不小心摔了一跤，把一只脚上的某根骨头摔断了，三个月后当我学习走路重新穿鞋子时，我变得谨小慎微起来，生怕刚刚接上骨头的左脚被鞋子再次伤害，于是再来个宽松政策，又把鞋子加大了一码。

如今，打死我也不会再穿小鞋子了，甚至连硬邦邦的皮鞋也被我扔到爪哇国去了。有事没事，我一律穿休闲鞋，爱上哪儿就上哪儿，爱跑多快就跑多快。真是的，我又不是酒席，我又不想让人家当成第几碗菜给端出去，为什么要苦了自己呢？

穿自己的鞋，让别人去说吧。穿舒服的鞋，让老公去唱凤阳腰鼓去吧：别人的老婆如花又如玉，我的老婆一双大花足，量量一尺多伊嗨哟！

儿子的书摊

我们一行踏进楠溪江畔那个叫“丽水”的古村落。村头流淌着的水就叫“丽水”，丽水窄而弯，犹如新月，却长长的，一眼望不到头。河埠头的大榕树华盖亭亭，气根盘虬，应该是此村的历史见证。丽水的西侧有考究的木结构的长廊，地面是清一色的卵石铺就的，被世世代代的鞋底打磨得泛着青光。悬在水上的美人靠，让人浮想联翩。

然而，一个小小的书摊却吸引了我的眼球。它占据着一米半长的廊椅，摆的是老式的花花绿绿小人书。没什么看客，只有一位年过半百的老人守着。我隐隐感到，他守的不是生意，而是一种固执，一种孤独。

我已经很久很久没见过这种64开本的连环画了。我的魂魄仿佛被摄走了，而人钉在那儿动弹不得，同伴喊我到下一个景点去，可我哪儿也不想去了。

我伫立在小人书摊前，一本本地翻阅起来。它们大都是20世纪70年代末和80年代初的产物，画面线条优美，造型准确，更兼简洁的语言，完整的故事，这种图文并茂的小人书，很适合识字不多的儿童阅读，也适合文盲成人看图猜义。

我的心思全在这个旧书摊上。20世纪80年代前出生的孩子，有谁敢说自己没看过连环画呢？又有谁敢说自己不喜欢这种小人书呢？

记得我九岁那年，家里穷得买不起柴火，只好到附近的碾米厂去买极便宜的谷壳——我们当地称砻糠的烧饭。小孩子家家的还不能独立完成这种形式的烧火程序，于是我和弟弟合作，他拉风箱，风箱要拉得直，上下左右都不能晃动，不然杆儿会别住；我则抓起砻糠，一把把稳、准、匀地撒向灶洞。砻糠火稍纵即逝，所以我和弟弟得以60下/分的速度操作，不敢有须臾的停顿，尽管这样，把直径二尺三寸的一大锅稀粥烧滚，足足需一个小时。

我大把大把地抓着砻糠，有一次，竟抓出一本连环画来！

对于年幼的我们，连环画就是宝贝！更何况那时除了课本，就没有一本属于我们自己的书。我顾不得煮粥了，拿起那本卷得一塌糊涂的连环画，抖落字里行间的谷壳和灰尘，迫不及待地翻了起来。

那是一本没了封面的小书，残存的扉页上有“卓娅和舒拉的故事”字样。那本连环画，我们后来不知看了多少遍，于是我模糊地懂得，什么是卫国战争，什么是英雄；也让我见识了俄罗斯的冰天雪地和白桦林，见识了俄罗斯人的长相、服装和发饰。对话写在画面的空隙处，一个圆圈着，用一个箭头和发言人的嘴巴联系起来。有几句话我至今记忆犹新：“妈，别哭了。”“我伤心。”“可是哭有什么用呢？”这是父亲辞世后，卓娅和母亲的一段对话。“可是哭有什么用呢？”这句从谷壳里捡来的语言，几乎成了我一生的座右铭。

上小学四年级时，因为家里买不起灯油，我每晚都挤在当小学教师的母亲的办公桌上“借光”。有一次我刚踏进办公室，双眼倏忽一亮，因为母亲相邻的桌子上竟躺着一本彩绘着美女的连环画，上面赫然写着“晴雯之死”。一问，才知道是那位老师从上课偷看的学生那儿缴来的。我如获至宝，一口气看了下去。这是我第一次接触《红楼梦》，第一次认识这个“心比天高，身为下贱，风流灵巧惹人怨，寿夭多因毁谤生”的女孩儿。“晴雯姐姐喊了一夜的妈，也喊了二爷的名字，在天亮前死了！”小丫头的几句话，让我现在想起来心还揪得紧紧的。

十一岁那年，我到温州舅舅家玩，舅舅楼下就有一个小书摊，斜斜的书架上摆了数百本连环画。我心跳加快，耳鸣目眩，竟贪婪地想把它们全都揽进怀里，然后带回家去看个够。可那些书像是卖笑的女人，谁有钱就向谁敞开胸怀。我只有几分零花钱，看了两三本书就只能望书兴叹了。理智告诉我要走开，可我的双脚沉重得迈不开步。于是我想，我还有买回程船票的钱呢。于是我掏出 1 分钱，看了一本，接着又掏出 1 分，再看了一本……就这样，我把船票看掉了一半。回家的时候，我用余下的钱买了半张船票沿着瓯江顺流而下，剩下一半的路程，就只好靠双腿了。

也就是这年冬天，邻居一个富家男孩儿拿出几本连环画向我炫耀。我羡慕得眼珠子都要掉出来了。可是那个男孩儿很精，已经学会打小算盘了。他说，你替我打 3 斤鹅儿草，我借你一本书。我傻傻地提着篮子就下地去了，当时天寒地冻，鹅儿草稀疏得如胎儿的眉毛。我睁大了眼睛来回搜索，发现一根，就小心翼翼地用两根指头把它们“啄”出来。忙了一上午，回家把草一称，才 1 斤多。午饭后，我带上弟弟接着干，我们寻遍了一块又一块的大田小田，也翻遍了田塍田坎的角角落落，一直忙到天黑，西北风吹得我们的脸紧绷绷的，手和唇都皲裂了，才勉强凑足了 3 斤鹅儿草，借得一本连环画！

渐长渐大的过程中，我看得懂大人的书了，也知道怎么去借阅我喜爱的书籍了，可连环画还是我心中的一个结。为了弥补儿时的缺憾，只要手头有点儿钱，我就去买上一两本，小心翼翼地收藏起来。

后来，两个儿子翻到了我收藏的小人书，也喜欢上了，可是很快家里区区几本藏书就已经满足不了他们日益长大的胃口，于是他俩就经常跟我要钱，然后在小书摊上一坐半天。

当时我和先生分居两地，他在另一个城市的遥远山区工作，我带着孩子们住在台州老家。在这个远离故乡的婆家，我差不多是举目无亲，我只能有一搭没一搭地做点儿最艰苦的临时工。而先生的那点儿工资，除了供养他家的老人，大都扔在探亲的路上。我们有了老三之后，日子过得更是捉襟见肘。有几次，我竟面临着揭不开锅的尴尬。开口求人难，借钱更难！但我们总不能不吃饭啊！我绞尽脑汁，翻遍了家里所有的东西，终于找出一件比较新的冬衣，送到一间旧衣店里，当时布票奇缺，店主很乐意地收了那件衣服，我就用那笔钱对付了一些日子。可几个月后，我家又一次面临断粮的危机，但我再也找不出值钱的东西救急了。思来想去，我写了张条子，放在老大背带裤的胸兜里，让他把它交给一位新结识的朋友，我吩咐老大交了条子不要掉头就跑，要站在那儿等着……待到他终于拿着5元钱气喘吁吁地回家后，我才急急忙忙地拿了布袋去粮站籴米……

也许是明白了家里的窘境，有一天，九岁半的大儿子突然说：“妈，我也摆小书摊去！”我说：“就凭你个小家伙？就凭家里那十几本小书？”可是老大很坚决，他说：“这有什么难的？我看都看会了！”

邻居有个好心的木匠，老大求这位木匠做了个小书箱，装了3个把手，然后他提着这小书箱，夹着顶破草席，勇敢地上街摆书摊去了。

可是生意不是那么好做的。老书摊有固定的摊位，摊主一看到有人在旁边“抢生意”，就轰鸡鸭般地把他轰走。儿子并不气馁，他一会儿奔码头，一会儿赶车站，一会儿又到电影院门口，有人呵斥赶他了，就卷起草席走人。就这么见缝插针，能摆几分钟是几分钟。那时的小镇环境很乱，车来人往，尘土飞扬，小书总是被弄得很脏很脏，晚上回家的孩子也常常像泥猴一样。

为了鼓励他的创业精神，我回了趟娘家。娘家是黄杨木雕的发祥地，艺人们都藏着《三国演义》《红楼梦》《水浒传》《西厢记》等经典连环画，用来做雕塑的参考样本。那时候吃饭都难，木雕活计更是少得可怜。我把意图一说，他们都愿意把小书转让给我。那一回，我带着三四十册质量上佳的连环画，凯旋。

有了新书，儿子的书摊一下子红火起来。老摊主还是要撵他，可捧着好书的看客们站出来抱打不平。儿子忙极了，非常需要个帮手，可我怕难为情，不敢靠近书摊，只是抱着老三遥遥地看着。儿子简陋的书摊没有矮椅，没有小凳，一张铺在地上的牛皮纸承载着全部家当，但这一点儿也不妨碍客人们如饥似渴地阅读，草席上人头攒动，墙脚边还蹲着些中老年人和妇女。每天晚上，大儿子都能交给我一大把分币，我数了数，比他爸的日平均工资还多呢。

家里的伙食一下子改善了许多，我再也不用担忧无米下锅了，猪肉和鱼虾也搬上了餐桌。可是好景不长，也许是同行嫉妒，也许是见利起意，我们的小书开始残酷地损耗，不是最美的画页给撕走了，就是整本好书不翼而飞了。大儿子忿忿然，他骂那些盗书者。有几次偷书的让他抓住了，他奋不顾身地跟那些比他大得多的孩子打架，回家时，常常鼻青脸肿的。他也责怪老二光知道玩，一点儿也不懂得给他帮忙。

于是我就动员老二和他哥一起干。老二小，且性格怯懦，他根本不敢面对那么多的陌生面孔，更担心自己管不住“财产”会损耗更大。那时候流行一句话，叫“你办事，我放心”。我“急用先学”，用这话去激励他。其实说这话时，我心里一点儿底都没有。但老二是个乖孩子，虽然自觉不行，还是战战兢兢地上岗了。

小哥俩有时一块儿摆摊，有时轮换着吃饭。老大烦了，也会跑开去玩一会儿。当书摊上只剩下老二孤身一人时，他显得特别惴惴。那天，我抱着老三远远地看他，只见他满脸通红，大汗淋漓，手忙脚乱地顾东顾不了西。有人把自行车的前轮轧在书上，他过去推了推；有人看完书不给钱就走，他张了张嘴，又不敢说什么；有的孩子干脆明目张胆地拿了连环画一溜烟跑了，他瞪着惶恐的眼睛，却一点儿办法也没有。

我心疼，非常非常地心疼。每晚他们回家，我先是抖落连环画上的尘土，却抖落不了心情的沮丧；我给两个孩子洗澡，却洗不掉自己对他们的满怀歉疚。

我们的书越来越破，越来越少，儿子的书摊不久就干不下去了。

直到今天，我一想起连环画，心情就十分复杂，想起儿子的书摊，我的心总是一阵阵地发痛。我怀疑自己，我的母爱为何如此粗砺？我检讨自己，怎么能把生活的重担压在儿子那么稚嫩的肩上？

我站在古村落的小书摊前，望着丽水静静地流淌着，泪眼模糊。

我问那个老头，你的连环画卖不卖？

他严肃地端详着我。也许是没有生意，也许是对我的一种信任，他终于同意了。我倾囊而出，把那些小人书一股脑儿全都买了下来。

我把刚刚理好的书搂在怀里，默默地说："归去来兮，曾经让我心痛的连环画！"

喊声嘹亮

农历二月初二是我父亲的诞辰。每年的这一天，我总是携儿带媳捎上孙辈赴老家，和弟弟妹妹们一起给父亲过生日。

我固执地把这个行动叫作“给父亲过生日”，而不像别人家那样说“给父亲做寿”，或者说“给父亲拜寿”。

“拜寿”和“做寿”过于隆重，让我想起古装戏里的那些繁华场景，和繁华背后的复杂心情以及利害关系。而我们给父亲过生日非常简单，弟弟提前在酒店里订下几桌饭菜，晚饭时间一到，全家四代六七十口济济一堂，自由自在地吃饭、聊天、猜拳、喝酒，当然也有生日蛋糕，也点蜡烛，也唱《生日快乐》歌。父亲吹蜡烛的动作非常利索，总是引来热烈的掌声。酒足饭饱吃完蛋糕，生日也算过完了。末了，父亲准还要收获一大堆晚辈们孝敬的礼物。

今年，父亲95岁了，我这个长女也年届古稀。我远嫁台州，回家要比弟弟妹妹们麻烦些，也必须提早些。所以往往都是我第一个回到父亲身边，然后给他们一一打电话说：“我都到了，你们还不赶快来?”

父亲坚持住在他的老宅里，那是一幢20世纪80年代初建的二层小楼，很小很窄很简陋。当年家里穷得叮当响，哪有能力砌新屋？可三弟的婚期又迫在眉睫，父母亲就拆了那间摇摇欲坠的旧木楼，再买上几块水泥楼板，那么一搭，就是个房架子，门窗的框架呢，就是旧楼拆下的又黑又破的废木料。父母把买玻璃的任务交给我，我走遍台州的街道巷弄，根本寻不着整块的好玻璃。在朋友的指点下，我买下一大堆两指宽的玻璃边角料送回了娘家。看着它们一条条竖在窗框里，就像打开的纸扇折子，我说不清是喜还是愧。就这样拼拼凑凑的屋子，把我的三弟媳娶进了门。

那屋子的楼上是三弟的婚房，父母则住楼下。如今三弟早已造了漂亮的新楼搬了出去，而父亲留恋着旧巢，留恋着逝去多年的母亲，坚定地在那间寒酸的小楼里独守空房。

几年前，父亲把自己的卧室挪到了楼上，他在阳台上兴致勃勃地种花草，在屋里兴致勃勃地弹琴、玩电脑。发现什么好歌新歌，他都会记录下来，当然是有曲谱的——他的记谱能力很强。在他的影响下，我们很小都会读谱，一首新歌到手，基本上都能唱出来。父亲把那些失传了的歌、网络上找不到的老歌都默写出来，发到我的电子邮箱里。

他午睡或出门时，大门照例是关着的。我回到家，见门紧闭，就在楼下喊：“爸！阿爸！”老爸如果在家，他会立即答应，并从那又窄又陡的、没有扶手的水泥楼梯上下来，为我开门。

我这人缺乏表达柔情的方式和方法。人都说女儿是父亲的小棉袄，可我在父亲面前就是说不来那些很贴心、很温暖的话，更羞于做出女儿家的姿态来——从小就这样。如今每回一次老家，每见一次老爸，最多就是问一句：“身体还好吗?”老爸一般回答：“还行。”其实我觉得连这句话也多余，老爸就站在我跟前，脸色红润腰板挺直，好不好我难道看不出来吗?

那首《常回家看看》，曾经打动多少国人，当然也打动了我。我能把这首歌唱得很好，却没能把歌词里的谆谆教导付诸行动。

春节我回家了，二月初二我又回家了，清明节我还准备回家，算得上是“常回家看看”了，却从来没做到“生活的烦恼跟妈妈说说，工作的事情向爸爸谈谈”。现在老了更不用说了，就是很年轻时，回娘家的我也是从来报喜不报忧的。我的父母遭受了太多的磨难，再跟他们说我“生活的烦恼”，岂不是雪上加霜？就是说了，他们也无力帮我解决任何问题，徒增忧愁烦恼而已。

但有些事倒是可以做到的，比如“帮妈妈刷刷筷子洗洗碗”。不必谁提醒，回娘家的女儿干这些都是轻车熟路。可是老爸太热爱劳动了，家里早就安上自来水，他偏要迈过三道门槛到前院的水井里一桶桶地拎水，洗衣服是井水，冲马桶是井水，浇花更是井水。他这么一桶桶地拎着洗着，我轻易还插不上手。至于“给爸爸捶捶后背揉揉肩”的事，妹妹们会做，侄女、侄媳妇们会做，我却觉得这样的举动太亲昵，太女儿态，做不出来。

我唯一会做的，就是到家时站在楼下喊爸。每喊一次，就觉得心里暖暖的，甜甜的，几分幸福，几分得意——对，是幸福，是得意。随着年纪越来越大，我的喊声越来越嘹亮。因为我不知道天底下有多少女儿到了我这般年纪，娘家还有个老爸可以让她呼喊的。

最近一个中秋节的晚上，我又一次回到了娘家。快到村口时，暮色四合，我听到很强的音乐节奏。我猛地感悟，我们中国大妈是多么伟大，她们把广场舞跳到了天涯海角、世界各地，也跳到了最偏远的山村角落，在我们村口，还有两摊。我走进村时，一位老邻居说了声阿丹来了，然后用手怪模怪样地指指东面，东面是一群跳舞大妈，这有什么稀罕的？她又做了个鬼脸，更夸张地指指那些舞者。我突然发现，在大妈群里，居然鹤立鸡群着我95岁的老爸！他的舞姿是那么得体，动作是那么到位。我兴奋极了，为父亲的健康，也为他的心态。可我不敢像平日里那么嘹亮地大声喊他，我怕打扰我爸和大妈们的跳舞兴致。我唯一能做的，就是把我的包交给那位老邻居，然后将自己也融进那个队伍里去。

第二辑

人物点击

家祭毋忘告乃翁

好官李冰

追忆汪曾祺

我眼中的海迪

…………

家祭毋忘告乃翁

公公逝世47年了。他的音容笑貌常常浮现在我眼前，让我心里发酸发痛。

公公姓徐，名叫徐子温，出生在一个农民家庭。童年时他读过两年私塾，因为穷，早早地辍学当学徒去了。听老邻居们说，年轻的徐子温先生长相俊朗，步伐矫健，蹬起自行车来虎虎生风。他常常奔波在城镇和乡间，因为业绩突出，一步步做到了那家公司的经理。

几年后，王子鑫先生创办了台州麻帽行，请公公过去帮忙。我们台州手工编织的麻帽造型时尚、图案精美，不仅是遮阳防晒的工具，更是有钱人的身份象征，20世纪欧洲贵族头戴的草帽，不少就是咱们“台州制造”。

公公常被派往外地搞营销工作，因为他诚实能干，深得王先生赏识，两家逐渐成了至交。后来王先生移居上海，他们的友谊并没有淡去。

公公有座小洋楼，1943年用4包洋纱换的。那时的法币已无信誉可言，所以民间都是以物换物。

公公买的小楼位于海门（现为椒江）西门同康巷，和同康酒厂仅一墙之隔。酒厂飞扬的秕糠和酒香，公公全家都能免费享受。

有了新屋，徐家已婚的老大，未婚的老二、老三率先搬了进去，第二年，我那小脚婆婆带着唯一的女儿和老四、老五坐着篷船也搬过来了。乡下的老屋，公公慷慨地赠给了他的侄女。

抗战胜利后，公公开了间小小的南北货店，因为当时他有五个儿子，遂把店名叫作“五和”。第二年，他们家又有了小六。

公公待谁都亲切和蔼，做买卖更是童叟无欺，“五和”的生意红红火火。1947 年，小店的门面扩大到两间半，我先生的大哥、二哥也进店当起了伙计。

公公小时候的两年私塾没有白读，他会背唐诗宋词，会讲聊斋故事。他有一套十二册的石印《聊斋志异》。我过门后，这套《聊斋志异》就成为我最喜欢的宝贝。我的文言文知识差不多全是被《聊斋志异》熏陶出来的，它还给了我许多小说的灵感呢。

公公虽是生意人，但他样貌儒雅，知书达理。所以人们都喊他“徐先生”。新中国成立后，徐先生响应政府号召。海门工商联成立时，他有幸参加了代表会议，这大概是他一辈子最引以为荣的事了。

公私合营后，公公成了上班族，每月拿 29 块钱的工资。他照样兢兢业业，早出晚归。南北货店虽然“改名易姓”，他还是像对自己家的一样对待。

那年腊月廿八，19 岁的我以新嫁娘的身份，登上了温州到海门的班车。当时公公已 60 出头，婆婆则是 58、59 的样子，两人身体都不错。首次谋面的公公，竟有着亲生父亲般的亲切，我很自然地喊了一声“爸”，当然也没忘记喊婆婆一声“妈”。

但他们家比我想象的要穷得多。我清楚地记得，那天公公穿一件褪色褪得发白的中式棉衣，戴一顶掉光呢绒的帽子。婆婆的衣服稍鲜亮些，但是围裙上打了块比巴掌还大的补丁。屋子的后围墙彻底塌了，倒是方便全家人从后面邻居家的水井里取水。因为水桶进进出出，楼下的地板全烂了，只剩下一步一滑的泥巴地。窄窄的木楼梯没有扶手，只有一根粗绳子供人拉扶，楼梯板上全是脚底蹭的厚厚的泥垢。遇到雨天，那楼梯差不多就成了一架溜溜梯。两年后，有次我着急出门，在第五级楼梯板上滑了个屁股蹲儿，惯性让我又滑了五个屁股蹲儿着地，把我摔了个尾骨骨裂，至今坐久了，尾骨还疼痛难挨。

这小小的三间两层楼房，上下合起来也就一百三十平方米，却住着先生家的大哥七口、二哥七口、五弟、六弟、外甥和他的奶娘——姐姐两口子是开发大庆油田的先锋骨干，那里的恶劣气候根本不允许哺育婴儿。二十多口人济济一堂，真正的“水缸镬灶连眠床”。

招待我的第一顿饭，公公亲自下厨。比我大 2 岁的徐家老五一边拉着风箱，一边把破袄袖口里的旧棉絮捻着捻着扯出来，那模样就像是在纺棉纱。那顿饭有几条梅童鱼和一盘鹰爪虾，然后就是豆腐和发泡的笋干了。上高中的老六放学了，全家人（大哥、二哥已分炊）就围着楼下西屋里一张八仙桌吃饭。

公公不停地往我碗里夹菜，说梅童是好海鱼，鹰爪虾是好海虾。他是把我当成内地人了，我没说我也是海边长大的，但那份关心和疼爱，让我心里暖暖的。

说话间，公公掏出怀表看了看。那本是一只 18K 外壳金表。

恐怕世界上再也找不出那么沧桑的怀表了！金链条早被剪掉，换上的铁链子生了锈；表的面子黄且发黑，最不忍卒睹的是，表的后盖被挖掉一个菱形的洞，取而代之的是一块紫铜皮。我正诧异呢，公公不好意思地解释说：“有阵子手头太紧，凿一块表壳换钱了。”

我为之一声叹息，世界上竟然还有这种形式的“挖肉补疮”。

过了春节，我就回娘家去了。从此，公公的信一封封邮来。当年我先生在温州文成山里工作，他三哥在宁夏大学，加上姐姐和我，公公得给四个人写信。他用的是钢笔，但执笔的姿态是拿毛笔的模式，竖得直直的，一笔一画写得十分工整。

我的孩子们都出生在娘家，因为母亲和妹妹们会管我、帮我。大儿子两个月大时，公公来信说想看看这个孙子，于是我独自抱着大胖儿子去了海门。徐家已没有空房，我和婆婆、外甥和他的乳母同住在楼上的东卧室，公公的床铺早已挪到后面的过道里去了。

我发现外甥的奶娘是个冒牌货，她拿着每月37元的高薪，顿顿喝着专门为她炖的催乳肉汤、鱼汤，奶水却少得如同猫尿。可是我，只要有碗泡饭吃，乳汁就会像山间的小溪源源不断，让我怀疑自己是荷兰牛投生的。漫漫长夜，被我扔出去的儿子尿布块块透湿，块块掷地有声，而外甥直到天亮才换下的尿布基本是干的。

婆婆对我儿子的尿布艳羡不已。我想这有何难？于是我买了个吸奶器，每天抽吸两搪瓷碗的奶水，一碗供外甥享用，一碗孝敬婆婆。婆婆就把长期订购的两份鲜牛奶给退了。为这个，她夸了我两个字：慷慨。而牙牙学语的外甥说："阿妗的奶奶香香的，奶娘的奶奶臭臭的。"那时候我才20岁，健康无比，那比我大一倍岁数的奶娘怎么能跟我比呢？

公公非同寻常地热爱那间南北货店。他风雨无阻地去站柜台，每天站十个小时。我每每从店前经过，看到他总是微笑着迎送顾客，从来没见他坐下休息过——要知道他早已过了退休年龄啊。

我婆婆大眼睛，瓜子脸，很符合当今的美女标准。只是个子矮小。她告诉我说，当初在乡下，她踩着小凳子还够不着扇粮食的风车车斗，就为这个，没少受她公婆的气。可是她的小脚缠得十分到位，她常不无骄傲地对我们说："脚细头碗菜。"——台州人把"小"说成"细"。婆婆把女人当作一桌酒席，"头碗菜"

定位了这桌酒席的档次，比如现今的燕窝宴、鲍翅宴。婆婆用脚后跟走路，倒也走得利索。她带着我这个新媳妇头一回去亲戚家亮相，我想搀扶她一把，她一把甩开了我的手，蹬蹬蹬地走在前面，走得挺快，还得意地说："双脚细，走路记个记！"——这个"记"到底是量词还是动词，我至今都没弄明白。

让她在徐家奠定地位的，是她一口气生了三男一女，而她上面的妯娌一辈子只得了个独生女儿。孩子爷爷临终时把我婆婆叫到床前，语重心长地说："二嫂啊，我们徐家的香火就全指望你了，你得再生三个孙子！"婆婆不负重托，在她公公走后果然又生了三个儿子。我婆婆这般能耐，她想不骄傲都没有理由。

那时候我户口还在农村，我在婆家"客居"了三个月，春耕到了，我得回去挣工分。若干年后，我的第二个儿子都两三岁了，才好不容易把户粮关系迁到海门，正式入住婆家，那时徐家的人口已增加到三十多口了。

小小的楼房没有我们娘仨的窝。婆婆让人搬了张破床，放在楼下西屋他们吃饭的八仙桌后面。这张仿佛从垃圾堆里扒出来的木床，一条腿断了，棕棚塌了半边，综绳断成了须须条条。妯娌帮我找了位师傅，夜以继日地给我修理床铺。

楼下的中间本是客堂，可是已被大侄子当成婚房生儿育女了，全家人只能侧着身子走路，否则对面都无法通过。我想搭个小小的灶台，却找不出一块空地。我只能在檐廊下摆个红泥缸灶，买些劈柴烧火做饭。廊上风大，好不容易生着的火常被吹灭，大儿子就拿根吹火棍使劲儿地吹，吹得眼泪汪汪，满嘴满脸的灰。婆婆和妯娌们养的鸡不是乘我不备跳上我家小饭桌，就是侵入公婆的餐厅，到我的床旁边拉屎撒尿。

贫贱家庭百事哀，那么多人挤在一起，吵吵闹闹是免不了的。虽说是"不痴不聋，不做家翁"，但我们的家翁太能隐忍了。我有位妯娌格外强悍，动不动就骂公公"资产阶级"，她原本是嫁到这个“资产阶级”家里来享福的，没想到日子变得这般不堪，于是隔三差五地找她老公打骂。一个夏天的中午，公公正坐着吃饭，被追打的儿子慌不择路地闪进来，躲到父亲背后。那位妯娌冲过来不依不饶，公公站了起来，说了句“人家都躲你了，你还没完没了”，妯娌大怒，一头撞向公公，并抓着老人的纺绸衫撕得支离破碎。待到那件绸衫脱下，我看到的是活脱脱的一个“拖把头儿”。

这位天天站柜台，每月拿 29 元的“资产阶级”很爱面子，那些打骂对他来说，不知有多么难堪和煎熬。

但是，满堂的孙辈和曾孙给他带来了欢乐。公公有时会带回来几块便宜的块块糖，分赏给他们。他摸摸那些小脑袋，说声：“迭味道！”笑意在他脸上一层层绽放。“迭味道”是他的专用词，意思是很萌，很可爱。有时，公公会说出个聊斋篇目，让我们这些“大孩子”说文释义。有一天，他做了个字谜让大家猜。谜面是：“看起来像妈，喊起来像爸，不是爸也不是妈。”我想，“妈”大概是“母”，和“母”相像的字，应该是“毋”了。再说，台州话“父”和“毋”同音。于是，我说：“是‘毋’吧？”两位小叔和大侄儿问：“什么‘毋’？”我说：“家祭毋忘告乃翁的‘毋’啊。”

公公笑了，接着又说：“我再出个雅的，瘦月潜移云足下，落花片片马蹄香。”这个字谜让我颇费周折，最后才猜到是个“熊”字。小叔和侄子们不解，我说：“‘熊’的左上部那个三角不是‘云’的足吗？这月瘦小，而且是躲到了‘云足’下面。右边两个匕，不是‘花’上掉下来的花瓣吗？下面的四点当然是马蹄了。既然落花片片，那踏青的马蹄当然是香的。”公公听了非常高兴，由衷地把我夸了一番。

终于有一天，公公倒下去了。到医院一查，他得了肺结核。这病当年已经有特效药，王子鑫先生得知消息，悄悄托人捎来瓶英国原装的雷米封。如果能好好将息，公公此病并无大碍。公公吃着雷米封，仍旧天天去站店，隔三差五还带些硬糖回家给孙辈。至今我家老大一提起爷爷那些糖块还眉飞色舞。

可是奶奶生气了，她厉声地责问爷爷说："你给什么糖？你的手、你的糖上全是肺病菌，你要害死孩子们啊！再说，家里那么有钱吗？我带两个外孙（那时姐姐已有了第二个儿子）多辛苦，都好久没吃补药了！"

那些年，三哥、姐姐和我丈夫一直给老人寄钱。每收到一笔款子，婆婆就叨叨道："儿女是我生的，外孙是我带的，这些钱当然应该归我……"所以她每五天必定要吃一只母鸡，隔十天必定要喝一次参汤。对于这些好东西，公公从来一口不沾。

受了婆婆的责备，公公便讪讪的，不敢再给孙子们买糖，只是每天下班后，在他实在喜欢的小脑袋上摸摸，说声："迭味道！"婆婆又骂开了："什么迭味道？你的手上全是肺病菌，被你摸过的脑袋还有好吗？"公公便更加落寞，只是远远地看着孙子们解馋，再也不敢随便触摸他们了。

吃了半瓶雷米封之后，公公感觉好多了，一检查，结核病灶居然钙化了。他非常开心，把检验单拿出来让我们看，好像要说明他可以摸孩子的头，可以给他们糖吃了。婆婆怀疑地念叨："病好了？真好了？那还留着雷米封干吗？"

可能是为了证明自己光荣痊愈，也可能是为了跟老伴赌气，公公竟然把余下的半瓶雷米封转让给了急需的病人。得了钱，马上给婆婆买了支高丽参。

可是没过多久，公公的结核病就复发了。起初并不太严重，他仍然风雨无阻地去站柜台，仍然忍不住要给孙辈们捎糖吃。可是孩子们一见他，就尖叫着一哄而散，还嚷嚷"爷爷是老虎，爷爷要吃人的啊"，这一切，当然都是婆婆教的。我实在看不过去，就说："奶奶，你这样让爷爷多伤心啊！"可婆婆振振有词地说：

“我是为儿孙们好！肺病是最能传染的，这是科学！”

在“科学”的奶奶面前，爷爷的绝望可想而知。他垮了，终于住进了医院。做人最怕老来贫，何况还是个得结核病的“资产阶级”。在奶奶的训导下，爷爷的床前鲜有亲人问候，陪伴他的只有一个男护工和那只和他相处了大半辈子的破旧怀表。

我何尝不知道结核病是会传染的？可是他是我公公，是我第二位父亲啊，何况他人还那么好。我实在不忍心让他这么孤苦伶仃地躺在医院里，于是在下班之后，总要去那里转转。那时我刚进一家工厂做临时工，三班倒。当年我连自行车都没有，大冬天的半夜三更也要抱着吃奶的老三赶来赶去，害得老三经常感冒发烧、咳嗽、支气管炎，没日没夜地呼哧呼哧哮喘，打过屁股针也挂过静脉滴注。我抱着他去医院，他一见那些白大褂就吓得哭闹不止，死活不肯进病房。我很无奈，只得把刚能站立的他放在走廊上。他紧紧地箍住我的双腿说“不、不”，难以两全的我硬是掰开他的小手，把他按在墙上（否则他会马上摔倒），然后冲进病房。

那时医院里没有清洁工，男护工只管送饭和陪着去走廊尽头的厕所，病人的卫生要家属自己打理。我把公公床头柜上的东西擦拭干净，把带血的痰盂拿到楼下，先用水冲冲倒进厕所里，再拔些野草，用草根和泥沙去擦拭，血痰黏得顽固，要擦好几遍才能擦掉。待我回到三楼，小儿子瘫坐在地上，早已哭得上气不接下气了。

值夜班的日子，白天能任由我自由支配。遇到好天气，我把小儿子放在厂托儿所，自己去医院把公公的被子和床单拆下来，连同他换下的脏衣服一并拿到厂里洗干净，我在两棵大树间拉上长长的绳子，让被里和床单早早晾干——我担心时间长了公公坐不住。午饭后，我把晒干的衣物抱回医院，把被子缝缀停当。躺在换得干干净净的床铺上，公公由衷地叹息说：“太阳的味道真香!”他紧锁的眉头舒展了些，脸上也流露出淡淡的笑意。

公公虽然沦为传染病人，但总归还有些念旧的老友会带些水果罐头来看他。公公有时也嘱我把罐头带回去给孩子们吃。我不带，不是怕结核病菌，而是因为公公不是我一个人的公公，爷爷不光是我儿子的爷爷。

公公最惦念的，当然是他的结发老妻了。婆婆从来不去医院，让我怀疑他们的婚姻是不是家长包办的不幸产物，或者在漫长的婚后生活，感情出了问题。有一次我试探着问:“奶奶，当初你嫁给爷爷，是心甘情愿的吗?”婆婆倒也爽快，她说:“当然，那时他已经是账房先生了，又长得一表人才，不像我这么矮挫的个子，自己望着都难受。”我接着问，那后来爷爷犯了什么错吗?婆婆叹了口气，说:“犯什么错?他的错就是他不该得肺病，我如果被传染上，你们谁还理我，谁还瞧得起我啊?”

我无语。为了能让她去看一眼公公，我绞尽脑汁，终于想出个招来。我说:“爷爷那里有好多罐头呢，他又不吃，难道扔了不成?罐头是密封的，细菌绝对进不去。”

婆婆被我说动了，她挑了个艳阳高照的日子，拿了鸡肠小带子，把自己的袖口和裤管扎得严严实实，又戴上大大的口罩，跟我去了医院。公公见了她，苍白的脸上竟泛起一丝红晕，他吃力地坐了起来，拍拍床沿说:“你坐你坐。”婆婆双手抱胸，眼睛瞧着别处，说:“你的床上全是肺病菌，我怎么坐得?”公公的脸一下子变灰了，但还是说:“那你坐骨牌凳吧。”婆婆声音提高了:“你的骨牌凳，难道没有肺病菌?”公公的脸色更难看了，他咳了一阵，缓过气来后，指了指床头柜上的茶缸说:“我要吃药了，你给我倒点儿开水吧!”婆婆却扯着嗓门嚷嚷道:“你是越病越糊涂了，你的茶缸，你的热水瓶，全是肺病菌!我能碰吗?”

我非常后悔我的多事，这不是给公公雪上加霜吗?同病房的一位老人忍无可忍，他用粗话把我婆婆臭骂了一顿。我婆婆哪是个肯吃亏的？她顿足捶胸又哭又嚷，并指着那位老人骂道：“你这个痨病鬼啊！你这个老不死的，你今天不死明朝就要死的啊……”病房里顿时乱成一锅粥。被惊动的医生、护士跑了过来，一边劝解，一边推搡着我婆婆出去。婆婆虽然哭着，却没有忘记把罐头一个个装进自己带来的篮子里，然后骂骂咧咧地出了病房。我想回头安慰公公几句，又怕婆婆路上出事，犹豫了一下，就追赶婆婆去了。走到半路，婆婆却要改道去烈士山，我不知她葫芦里卖的什么药，只好陪她前去。她登上了烈士山，坐在大桥头，接受大太阳的暴晒，足足晒了两个小时，然后拍拍身子说，我身上的肺病菌杀得差不多了。

到了家门口，她解开袖口、裤管上的鸡肠带，把外衣外裤扒下来，连同那个口罩扔得远远的，只穿着内衣进屋。然后烧了一大锅开水，一边煮着从医院里带回家的罐头，一边拿了包早就准备好的高锰酸钾，给自己泡了一大桶红褐色的汤水，认真至极地从头到脚洗了又洗……

世情的风霜和结核病菌，把公公啃噬得只剩下皮包骨了。那天，公公突然对我说：“国丹啊，你们结婚时，我们没能给你一件家具、一块布料和一毛钱的红包，连后来修破床的钱都是你自己掏的。我看在眼里痛在心里啊……”我打断他的话说：“爸，你养病要紧，我什么都不要。”他喘着气，继续说：“可是这不公平，你嫁到我们徐家，吃了太多的苦，受了太多的罪啊……”

眼看公公时日无多，我心里的郁结无法排解。又因为一手带着三个孩子，根本无法在医院里陪夜。那个春寒料峭的夜里，我心里像塞着一团草，又痛又乱，迷迷糊糊地不断做着噩梦。也就是在这个寒夜，儿孙满堂的公公咳出了最后一口鲜血，撒手人寰。当那个男护工跑到家里砰砰捶门时，我一骨碌翻身起床，丢下哇哇哭喊的儿子们就往医院奔去……

等我到了医院，公公已经被移到太平间了，我揭开那条并不那么白的床单，看到了瞪得像铜铃般的一双眼睛，公公死不瞑目！他的嘴巴空洞地大张着，似乎在喊着什么。我喊着“爸，爸……”泪如雨下。

亲人们陆续赶到了，那个男护工当着所有人的面拿出那块怀表，说：“你们家老爷子临终时交代的，这只表是给国丹的，谁也不许争……”其实，我真心不想要这只让人痛彻心扉的怀表，我坚拒。这一回，婆婆和妯娌们却少有地意见一致，说：“你留着做个念想吧……”

我泪眼滂沱，再次跨进太平间，想见公公最后一面。正要伸手去揭床单时，小脚婆婆以常人想不到的速度冲了过来，一把拽住我，把我拖出了太平间。她说：“肺病人咽气时，嘴巴和鼻子全在往外‘喷’肺病菌，本该用煎鸡蛋封住口鼻的，让病菌去吃鸡蛋就不会祸害活人了。你们谁也不准靠近他，儿子、媳妇都一样！”

那年，我们公公已有四十来个后人，可临终的床前连个亲人的人影都没有。多少年来，我一想起这个就心碎。我又想：公公如果不把那半瓶雷米封转让给别人，他的结核病就不会复发。如果他能再活上几年，待我们条件好了，可以像后来孝敬婆婆那样孝敬他。婆婆对病重的老伴虽然冷酷无情，但一个没有受过什么教育的小脚女人，要保护自己，保护晚辈，我们小辈无可厚非。

八十年代中期，我调入文联工作。当时有个政策，职工的遗孀可以享受抚恤金，可以每月像领工资一样领。这可是个好消息。可是他家兄弟们弄了好久都弄不下来。于是我说：“我去试试吧。”我先生的大哥说：“你如果能弄到抚恤金，今后奶奶的供养费你家该出的那部分就可以免了。”我不答，去跑了几个单位，把事情弄妥了。

当我像往日一样，最早、最主动把婆婆的月钱送到她手上时，婆婆拉住我的手，高兴得眼睛都温润了。

接着我搬出逼仄的老宅，住进了单位宿舍。有一次我回同康巷去看婆婆时，她半喜半忧地对我说："现在又时兴戴金戒指、银戒指了，可是你们爷爷没了，我向谁要去?"我说："你喜欢，我设法给你买一对吧。"那一年，我们夫妻俩的工资合起来刚好八十元，我借了几百块钱，圆了婆婆的戒指梦。几天后我再次去老屋，婆婆一见我就哭了，我问她怎么了？她说打肥皂洗手时，一只戒指滑进下水道里去了。我只得给她补买了一只。于是她又表扬我说："慷慨。"

从那之后，只要我去看她，她就跟我叨叨什么进口水果，什么肥蟹大虾，我都买了给她送过去。有一次她向我诉苦说，某妯娌单位分了一箱棒冰，一根也没给她吃。我转身就去超市买了一箱，想到同一品种的吃多了要腻，于是让售货员打开箱子，把棒冰腾出了三分之二，又拿了花色各异的雪糕、冰淇淋，把箱子装得满满的。那箱子太重了，我拿不动，就打电话让儿子开车过来，我们娘俩一起把箱子送过去，我儿子把箱子扛到楼上，把冰棍、冰淇淋存在奶奶的冰箱里，嘱咐她慢慢享用。到后来，我每每去看望婆婆，她总是拉着我的手，颇有歉意地说："我以前待你不好，待你不好的啊，你怎么能对我这样好呢?"

其实，她对我好不好我无所谓，可是她对待公公的做法着实让我心寒。我对婆婆并没有多少感情，我只是在尽一个晚辈的义务罢了。

光阴荏苒，年复一年，令我经常心痛的就是我公公，并深深地替他遗憾。他为什么就不能像婆婆一样，活到98岁无疾而终?为什么不能像我生父一样，活到现在这个要什么有什么，天天欢乐，天天唱歌的年代?

每年的清明，我总要点三炷香，看着袅袅升起的轻烟，我默默地祝祷说："爸，我多想给你买些特效药，让你的肺病永不复发；我更想给你买块闪闪发光、链子长长的金怀表，让你满心欢喜地、不时地从表袋里拉出来看看。”我梦想着有个无所不能、无所不及的快递公司，能把特效药和金怀表送到天堂里给你。

注：我上学时，课本里陆游这首《示儿》，其中“家祭毋忘告乃翁”一句，用的是“毋”字，现在都写作“无”了。

好官李冰

李冰是战国时期人。李冰是官，公元前256年，李冰任蜀郡守。李冰在任时，带领四川人民做了件了不得的大事——建了都江堰水利工程。

四川的自然景观和人文景观都很美，而最让我心动的，却是这两千两百多年前建的都江堰。

都江堰位于成都市西面五十公里的岷江中上游处。岷江是从岷山的挟持中挣脱出来的。它剽悍、急躁，一泻万里。岷山属喀斯特地貌，崩塌的石灰岩不断地涌入河床，致使岷江沙石俱下。

我估计，当年的李冰曾站在岷江北岸的玉垒山上，看江水滔滔而过，流到遥远的长江。成都平原却严重缺水，农民常常因干旱而无法播种，或耕种了得不到及时的浇灌而升斗无收，因此常年饥馑，哀鸿遍野。

李冰的心随着岷江的波涛起伏。他想，如果能把岷江水引入成都平原就好了。于是他召集了有识之士和水利行家，察看地形，大胆设想，科学论证，逐步制订都江堰的工程规划。

都江堰工程分三步实施，首先在岷江中心筑一道纵向的分水长堤，堤形如鱼，首尾长三千米，鱼肚处宽三百米，鱼嘴逆水，将岷江分成外江和内江。第二，在玉垒山伸入江水的虎头岩上，凿开一个二十米宽的口子，内江的水就是从这个宝贵的口子引入成都城的，所以把这个口子称为“宝瓶口”，而凿离虎头岩的那块山体则被后人叫作“离堆”。第三，在分水堤尾部与离堆之间，筑一条堰坝叫“飞沙堰”，坝下修两条溢洪道。暴雨倾盆山洪暴发的日子，内江多余的水流即由溢洪道泄出，又利用回流的原理，将江水裹挟而下的泥沙排掉。

这是个极其科学、极其大胆的构想，一旦梦想成真，内、外江的水流将永远按四六分成：丰水期外江六成内江四成，枯水期外江四成内江六成，从而确保了四川盆地的饮用、灌溉和后来的工业用水。

图样画在纸上，而想把它付诸实践，还不知道要付出多少汗水和心血。现代人不能想象古人治水的艰难，但可以肯定，李冰和他的儿子李二郎要四处奔走，调动财力、物力和人力。开始动工了，李氏父子必亲赴第一线，和民工同甘共苦。更有一些技术难关，比如，那时候还没有发明炸药，怎么弄开那坚硬的虎头岩?

群策群力，就有了办法：岷山上有的是柴，砍了柴，架在虎头岩下烧，烤得岩石滚烫，然后拼命往上面浇水，热胀冷缩的原理使崖体龟裂，民工们就对着裂痕凿啊、敲啊，硬是凿出个宝瓶口来。那时候当然也没有钢筋水泥，李冰就让民工们上山砍竹子，编出一个个硕大的竹笼，捡巨大的卵石往里放，就这么一个个装满卵石的竹笼排列挤堆起来，筑成坚固的堤坝。

八年的艰苦奋斗，终于完成了都江堰工程。从此，成都平原“水旱从人，不知饥馑”，从此，四川成了丰饶富裕的“天府之国”。

两千两百年过去了，都江堰坚强地屹立在岷江的激流之中，孜孜不倦地滋养着成都平原，呵护着四川百姓。今天，它的灌溉面积已达一千万亩。无怪德国地理学家李希霍芬看后赞叹说：

“都江堰灌溉方法之完美，无与伦比！”而赵朴初先生则在他的诗里将都江堰与万里长城相媲美，还说长城是“徒留古迹在”，而都江堰是“万世资灌溉”！

站在风景旖旎、巍峨壮观的二王庙前，我感慨万千。李冰父子在世时并不想封侯拜相，可后来唐朝的皇帝封李冰为“赤诚王”，元代又封他儿子为“英烈昭惠灵通显仁佑王”。

岁月悠悠，多少帝王将相都被历史湮没了，而李冰父子和都江堰永在。

追忆汪曾祺

初识汪曾祺，是因为他的小说《受戒》，好像被选载在《小说选刊》上。

那是篇非常小说的小说。没有矫情，没有功利，有的只是行云流水般的随意和散淡。那憨憨的小和尚明子，那泼辣的村姑英子，还有两人之间那朦朦胧胧的爱情，田野里那一串串少女脚印，让人心旌摇曳……总之，《受戒》美不胜收，美得让人震撼，心旷神怡。

真正目睹汪老尊容，是在浙江省作协召开的一次笔会会议上。他稍驼的脊背，枯黄的脸皮，凸出的前额上，是几茎花白的头发。一问年龄，刚好和我父亲同岁，可那模样比我爸老多了，怪不得他在杭州签名售书的时候，闻风而来的杭大女生大失所望地嚷嚷：一个糟老头儿！

糟老头儿归糟老头儿，可他的签名售书桌前还是人头攒动，多得让年轻作家们嫉妒。

糟老头儿说起小说，就显得精神焕发。“小说就是语言。”他说，“曾听人说，某篇小说故事蛮好，就是语言太差。我就纳闷儿了，语言差能算小说吗？”

我把这句话深深地储存在自己的脑海里。

又问怎么写人物，汪老竖起一个手指说：“贴。紧紧贴着人物写，什么时候这人物浮起来了，那肯定是把握不住了。”

短短的几句话，让我和后来听我转达过此话的朋友们受益匪浅。

有人提起《沙家浜》。这个当年红透半个地球的样板戏，剧作者便是汪曾祺。《沙家浜》让他获得殊荣，并请他登上国庆节的天安门城楼观礼台。

散会时，我问他，《受戒》里的小和尚，有没有他的影子？他说：“有，我小时候就当过小和尚。”我们都为之一乐。是的，没有那份生活，他写不出那个感觉。

那个下午天气晴好，我们都到宾馆的小院子里，希望和汪老合影留念。他挺随和地往一丛修竹前一站，说：“我当背景，你们来吧。”于是我们一拨一拨地走过去，站在汪老身边，他笑容可掬地立在寒风中，泰然自若。

汪老不但文章写得漂亮，字和画也是极好的，那是作家的字、作家的画，尚意，抒情，别有一番灵气和韵味。跟他要字画的人很多，晚上他睡得很晚，午睡也全给剥夺了。我也很想得到他的一幅墨宝，但总是不忍心他辛苦，始终没开口。

最后的那个晚上有舞会。我坐在一旁，静静地观察着女孩们请汪老跳舞。汪老的“舞德”极好，谁请他，他都及时地站起来。其实他根本不会跳，只是在对方的牵引下踩着音乐“走”或“蹦”，慢三慢四他“走”下来了，快三快四他“蹦”下来了，乐感是很好的，节奏是极准的，心脏也管用，没见他气喘吁吁，也没见他有缺氧的紧张。我暗暗地松了口气，为他有一个健康的身体而欣慰。

有一次他从舞池下来时，我旁边正好有个空位，他就坐了下来。因为光线不好，他凑近我的脸，看了看，说：“你怎么这样安静？”我不明白他这“安静”的意思，是怪我太不入流呢，还是因为我没约他跳舞？抑或是因为别的？我不好意思地笑笑，一会儿，我站了起来，说："汪老，那我们也跳一曲吧！"

正好是个快四的舞曲，因为有了上面的观察，我放心地带着他，踩着正确的步伐，这是曲节奏格外快的快四，年纪稍大的或心脏不好的人可能会乱了阵脚，可是汪老稳健得很，不仅没踩过我一次脚，还有闲暇跟我说话，他问我是哪里来的，叫什么名字？我一一回答了，心想这样闹哄哄的场合，他也只是随便问问，哪里记得住？曲尾，他居然还问了一声："你怎么没跟我要过字画呢？"我说："不好意思啊。"

笔会结束，大家各奔东西。几天后，我们单位的收发员递给我一个重重的邮包，打开一看，是汪老寄的两本签名赠书，一本是汪曾祺自选集《受戒》，封面是他自己的头像，一头华发，满脸皱纹，左手夹支烟，食指和中指支在左颊上。另一本是他的散文集《蒲桥集》，夹在书里的一张便条上写道："我家住的那条路叫'蒲黄榆'，听起来像'捕黄鱼'，好玩吧。"

可是天有不测之风云。第二年春天，汪老参加一个笔会，回家的第二天突然辞世。是因为脑出血还是心肌梗死，我记不清了。噩耗传来，我呆了，那么个活生生的人，怎么说走就走了？

他就这么匆匆走了，令整个文坛为之黯然神伤。

我眼中的海迪

那天，我奉命去路桥机场接张海迪。地球人都知道，张海迪是残疾人，但是她的勇敢、她的顽强和她的励志鼓舞了几代中国人。

因为高位截瘫了，海迪这辈子没上过一天学。可是她坐在轮椅上，自修完小学、中学、大学和硕士研究生的课程。

她是中国作协会员，10 年里写出并出版了 7 部书，《轮椅上的梦》还发行到国外。因为创作成绩突出，她获得中国作协颁发的“庄重文文学奖”。

我带着两位少先队员，他们手捧鲜花，等在候机坪上。北京来的飞机发出刺耳的声响，平安降落了，滑行了一阵，终于停稳。我们赶紧迎了上去，机舱的门开了，旅客们都自觉地让出一条路来，让海迪的妹妹左手抱着海迪，右手提着轮椅，从舷梯上下来。我赶紧上去说：“让我来抱海迪吧。”海迪笑着摆摆手说：“抱我可要一定的技术哟，你可抱不来！”

海迪皮肤白净，脸色鲜润，双眼闪闪发亮。尤其是笑容，纯净、灿烂得像个幸福的婴儿，我的心为之一动。我说：“海迪，你比我想象的要漂亮。”她爽朗地说：“我还没化妆呢，化了妆可更漂亮！”

她的开朗太感染人了。少先队员献过花后，海迪的妹妹打开了轮椅，把海迪安放在轮椅上。

她的一条腿搁在另一条腿上，上身挺直，仪态大方，谁能看得出，眼前的这个女人做过 4 次大手术，脊椎板被切除了六块，脊椎成“S”状畸形，胸部以下全无知觉！

我推着她出了机场，坐上回市区的车。以后的几天我一直陪着她，我们住凤凰山庄。参加会议，去景点观光，去玻璃艺术馆看吴子熊刻花，还去一家歌厅唱了卡拉 OK。海迪永远是笑容可掬，阳光灿烂，从没见她皱过一次眉头。

海迪是山东人。看她妹妹的个头，就不难想象她本来会长得多高多壮。1960 年，海迪 5 岁，有一天幼儿园的午睡结束了，老师督促全体孩子起床。可海迪怎么也起不来，就哭着说：“老师，我的腿没了！”老师看看她完好无损的腿脚，说：“你胡说什么呢？腿明明长在你身上，赶紧给我下床！”

于是她双手撑着身子，费了半天的劲，从床上滚到了地上。老师这才发现了问题，立即告之家长。海迪父亲那时正落魄，他卖了唯一值钱的财产——一支金星牌钢笔，带着女儿四处求医，可最好的医生也回天乏术了。医生分析说，海迪的个子蹿得快，细胞在积极地分裂，一个变两个，两个变四个，四个变八个……可营养跟不上，脊髓就断裂了。

陪同海迪的日子里，我发现除了上下楼梯，她的生活全部能够自理。洗漱、着装、梳头、化妆，她的轮椅滑过来滑过去，笑着把一切都弄得妥妥帖帖，我想帮忙都被她拒绝了。穿皮鞋是她干得最认真的活儿，她弯着身子，吃力地把一只脚搬到另一条腿的膝盖上，然后一点点把脚往皮鞋里“喂”，我见她喂完了，想去帮她系鞋带，她摆摆手说，事情还没有完。她不断地用双手捏着鞋头和鞋尖部分，为的是检查每一个脚趾伸直了没有。因为有一回她忘了这个细节，她的脚趾全部钩着，她却一点儿都不知道，直到晚上脱下鞋子，才发现整只脚板变得黑紫黑紫的，医生说这非常危险，弄不好就要截肢了。

海迪兴趣全面，而且都取得了相当的成就，她既是作家，又是翻译家，她还是位女中音歌唱家，她的胸腔没有瘫痪，那“音箱”里发出的声音，珠圆玉润，浑厚动听。

以前我们从媒体上，只看见海迪的风光，看到她被团中央授予“优秀共青团员”的光荣称号，看到她成为全国残疾人和青少年励志的典范。但上帝对她一点儿都不宽厚。海迪告诉我，前些年，她的鼻梁上还得了“基底细胞癌”。手术做得异乎寻常的艰苦。因为她是高位截瘫，手术时不能麻醉，生怕一麻醉就把她给麻醉过去了。主刀医生从她的嘴唇里下刀，活生生地从下往上揭开她脸上的皮肉，露出鼻梁骨，摘除上面的肿瘤。为了弄干净癌细胞，还用手术刀在她的鼻骨上翻来复去地刮，嚓！嚓！嚓！一下又一下，她听得清清楚楚；一下又一下，痛得刺骨钻心满头冷汗。我们从《三国演义》里看到过关云长刮骨疗伤，但那是小说，接受治疗的是一位壮汉，一位大英雄，而我面前的海迪是位羸弱且高位截瘫的女子，这得要多大的毅力才能忍受这刮骨的极痛啊！

接下来那段时间，她天天要奔赴医院化疗。刚好一家音像出版社要给她灌唱片。她不肯麻烦别人改档期，于是她每天上午去医院接受化疗，然后带着极度不适的身体，下午去录音棚录制唱片。

那几天，来凤凰山庄看她的人很多。我担心她身体吃不消，打算回绝一些无关紧要的来访者。而海迪总是笑笑说：“没事！”

张海迪曾经说过：“生命这一话题，对我来说尤其重要，因为我的一生，和生命、和厄运不知搏斗了多少次。”是的，她比常人多了一个无法回避的话题：必须不断地和厄运搏斗，必须不断地战胜死亡。五岁开始，她就不能站立，就连坐，也要凭借双手和胳膊的支撑去完成。而带着这种艰难和病体，她经过自学学完了高中所有课程并读了文学、医学等千余部书，为群众义务针灸数万次。

21岁那年，海迪病情恶化，肋骨完全塌陷。医生对她说:“你是一个勇敢的姑娘，也学过医学知识，我们也不想瞒你，希望你好好休息，争取活过27岁。”

由于长期大量服用药物，引起了药物中毒，有一次，年轻的张海迪停止呼吸长达1小时50分钟，靠着呼吸机，五天之后，她从死亡的边缘挣扎回来了，她没有伤感，没有沮丧，而是撑起极度虚弱的身体，在纸上写下了“生命之树是常青的”豪言壮语。

不过，死神又来叩响张海迪的门了，她在上海中山医院被诊断出患了基底细胞癌。当医生将这一残酷的消息告知张海迪的时刻，曾被预言只能活过27岁的她已经活到36岁。张海迪异常顽强地抗争着:“难道生命就这样短暂吗?”

死神的利剑——癌细胞磨刀霍霍，准备肢解、吞噬她的肌体。这是一场无需裁判，没有平局的竞赛，只有你死我活。张海迪微笑着凝结力量，准备和狂风恶浪做一场生死搏斗。她说:“没有风暴的大海，算什么大海?没有痛苦的生活，算什么生活?我这样的弱小生命，在面临风暴，面临痛苦的时候，我用信念来支撑我的生命，我用知识和最美好的追求作为我生命的支柱。即使死神已经扼紧我的喉咙，我精神的支柱也不会倒塌。只要我还有一分钟能够学习和工作，我就不会放弃。”

身患癌症的张海迪，给疼她爱她的父母写信，她高傲甚至还有点儿欢快地说:“我还有许多没做完的事情，我还有许多美好而又来不及实现的梦，我不会罢休。但我又是一个彻底的唯物主义者。如果死亡向我走来，夺走我的生命的话，那就让我们把死亡看得阳光一些，科学一些，特别是当我们回顾生命，感到没有遗憾，只有欣慰的时候，我们是不是可以用老百姓的那句话去回敬死神——我没有白活！”

手术、植皮、化疗、放疗，她身体里健康的细胞也被大量杀伤，体力被大量消耗，头发也大片大片地脱落。但是，这个神奇的女性，终于将癌魔打翻在地。死神再次溃逃了！然后她用10年时间，像纤夫那样埋头拉纤，在繁重的社会活动、出访活动期间和病魔打持久战，出色地完成了一个作家的任务和一个哲学硕士的学业。

1994年整个炎夏，张海迪都浸泡在汗水中，她以中国残疾人运动员的身份，被选派参加“远南”运动会射击比赛。当我们从电视屏幕上播放的运动会开幕式的画面中，看到张海迪坐在高高的烽火台上，满怀激情地朗诵着她的诗歌时，我们在心里也默默地祝福：这片蓝天和太阳，永远属于海迪！

2008年张海迪当选为中国残疾人联合会主席。她更忙碌了，她把大量的精力用来关心人，用一个女人的细心和善良，为全国的残疾人解决各种各样的困难，勉励大家走出阴霾，走向阳光，实现自己的梦想。

祝愿张海迪健康地活过百岁！

打虎的五舅

这篇文章早就该写了。为什么迟迟没有动笔呢？是因为我五舅太传奇了，怕人说我杜撰或吹牛，而杜撰和吹牛是散文的天敌。再说，我想留着素材写小说的，写散文实在是有点儿浪费了。

可是我现在想，我再不写出来，比五舅更老的亲人怕是等不及了。

我有六位舅舅，全是一米八左右的个子，而且一个比一个英俊。五舅比我大七八岁，我刚上小学一年级，他已经是初中毕业班的学生了。

有关五舅的第一个记忆，是乐清中学的一个文艺晚会。那一天我正在城里的外婆家玩（当时外公一家刚搬到城里），听说中学里有演出，我早早地赶去看热闹。看着看着，来了个小戏《捉特务》，一个英姿飒爽的——一点儿都不夸张，真是英姿飒爽的民兵上了场，竟是我的五舅！戏里的他本来是和一位姑娘约会去的，结果遇上了一个特务，五舅和那家伙斗智斗勇，最后终于把那个狗特务绑了起来，当然也赢得了姑娘的爱情。

没多久，五舅成了我国首批义务兵。他是海军，寄来的照片上，军装、军帽和飘扬的两条带子让我十分羡慕。

不久发生了一件事，让五舅成了外公家的骄傲。那一回，五舅他们在东海洋面遭遇敌舰，仗打得很惨烈，在敌众我寡、弹尽（粮绝不绝我不知道）的情况下，五舅抄起伙房的一把斧头，一连砍死三个敌人。这一回，五舅立了三等功，并荣升了排长。后来，军舰和大部队转移了，却把五舅留了下来，成为海军陆战队的一个侦察排排长。一个黑黢黢的夜晚，五舅正在巡逻，见两人抬着个沉甸甸的麻袋，鬼鬼祟祟地往海边走去。五舅喝道："干什么的?"那两人扔下麻袋撒腿就跑。五舅打开麻袋，竟钻出个大活人，嘴里塞着破布，他唔唔地哼着。五舅定睛细看，那人竟是驻地的一位农会主任。原来是海岛上的残匪上岸，报复我们的革命干部呢。

接下去，远方的铁路动工。开山的大炮轰隆声，震动了山里的华南虎。华南虎感觉生存受到威胁，就沿着海边的山脉北上，到了钱塘江，过不去了，就逗留在镇海旁边的四明山里——这可不是我和我五舅杜撰的，是当时的专家们分析的。

流亡的老虎同样要喂饱自己的肚子，于是，镇海的农家的猪呀、羊呀，常常失踪，不少农民亲眼目睹老虎在他们家畜栏出入，动作敏捷如闪电，人们常常被吓得魂飞魄散。

于是人们纷纷向我五舅告状。有一对老年夫妇，家中并无子孙，只养着一头宝贝牛犊。一个清晨，老人发现牛犊没了，就来五舅处哭诉。看到他们涕泗滂沱的样子，五舅发誓要把这头老虎拿下。他召开了村民大会，要他们留心老虎踪迹，有情况就向他报告。

有一晚，一个老头起来上厕所，影影绰绰的，发现牛栏里躺着个黑乎乎的东西，老头乐了，赶紧回房告诉老伴说，我们的宝贝牛犊回来了。老太婆点了灯，老两口喜滋滋地来"查铺"。这一查把他们吓得不轻，原来是老虎鸠占鹊巢，在牛栏里睡得正香呢。

五舅接了"警"，带了三个战士去了。侦察兵用的都是手枪。当初给他们配短枪时，心里别提多美了，如今要打老虎了，大家才怀念起机枪、冲锋枪的好处来，可一时也换不了。

他们上了牛栏对面的一所矮房。五舅对他的几个兵说："听我口令，我喊到三时，大家一齐开枪，以防打虎不成反被虎伤。"借着牛栏旁如豆的灯光，四支手枪一齐对准了那只老虎，"一、二……"砰！一位战士太紧张了，在五舅刚喊"二"时就扣动了扳机。被惊醒的老虎没想到有人敢在太岁头上动土，顿时怒不可遏。它腾空而起，直扑矮屋上的那位战士。那三个战士都惊呆了，我五舅飞快地掉转枪口，对准虎头就是一枪，老虎的身体划出一条美丽的弧线，轰然坠地。

解放军打死老虎的消息不胫而走。附近几个县的百姓争先恐后地赶来查看，他们随身带了馒头，蘸着老虎的鲜血吃，说是大补元气。随后陆续赶来的人吃不到虎血馒头，就拔了几根老虎的胡须去，说这东西避邪消灾。再迟的人拔不到虎须了，就拔了几根虎毛去，据说功效和虎须等同。

这头老虎后来是这样处理的：虎皮上缴浙江军区，虎骨浸酒送往南京军区，虎肉和内脏切成一块块的分给附近百姓。在老虎被解剖之前，五舅他们扶正了虎尸，拿手枪比着一一拍照。真所谓"虎死威不倒"，那张照片威风凛凛的，不知内情的人，都以为那虎是活的呢。

有一位 18 岁的余姚姑娘，赶来看热闹时看上了打虎英雄，末了还分得两斤虎肉回去。一年之后，这位美丽温柔的姑娘就成了我的五舅妈。那张虎皮后来被制成了标本，一直放在浙江博物馆里展出。20 世纪 90 年代我还去参观过，我找不到它身上的伤痕，也看不出虎毛哪儿被揪过，可见制标本的人是有本事的。

五舅几年后转业到余姚舅妈所在的地方去了。如今五舅早已退休了，可还是一米八的个子，皮肤白净，鼻直口方，身体也不发胖，看起来比我都年轻。几年前掀起老年交谊舞学习高潮，五舅参加比赛，得了余姚市的一等奖，宁波市的二等奖。这下子，找他跳舞的女伴纷至沓来，五舅赶忙急流勇退，转攻门球去了。

死而无憾王益群

王益群是个极普通的女性。圆脸，中等身材，微胖，甚至还有点儿土。在浩渺的人海中，她属于很容易被湮没掉的那类。

她只活到45岁。她只是一个镇的纪委书记。

可是，在她离开这个世界之际，在她的遗体告别会上，有那么多群众冒着酷暑，从四面八方赶来，把整个院子挤得水泄不通；又有那么多的人，哭得比失去亲人还要悲恸。

到底是怎么回事？这王益群到底是怎样一个人？让我们去山村走走，听听那些朴实的农民兄弟是怎么说的吧。

张胡德今年66岁。听说我们要到上张乡米坑村采访，原本在广东打工的他，昼夜兼程赶回了家乡。要知道，这一个来回，光是车票就要近千元钱。

张胡德是老实人，说话还有些木讷。他把王益群叫做“益群”，他断断续续地说着，益群好，益群总是把我们老百姓装在心里。

2004年初，王益群驻村到上张乡米坑村。上张是贫困而偏僻的山乡，全乡31个行政村，有20个连水泥路都没有，最远的乃吾坑村，村民上一次乡政府，要绕道温州的永嘉境内，翻山越岭七八个小时才能到目的地。

为了让山区农民走出闭塞和贫困，王益群和其他乡镇干部一边筹划建“致富路”“康庄路”，一边引领村民种植高山蔬菜。她召开村干部会议，统一思想，引进了新品种蔬菜——红茄。王益群给米坑村争取了三万元资金，还带来个农艺师，就这样大干起来了。

张胡德家有三亩土地，由于气候原因，每年只能种单季水稻，一季油菜，全年一亩田的毛收入也就四五百元，刨去化肥农药什么的，所剩寥寥无几。听说红茄收入高，张胡德也跃跃欲试。他有一男两女，都是干活的好把式。可当时的他，根本没钱买红茄种子，巧媳妇难为无米之炊啊，把他个老实人愁得食不甘味，夜不能寐，头发都白了许多。

王益群知道了这个情况，又去他家考察了一番，回头就为他家争取了一千元的扶助基金。张胡德喜出望外，全家起早贪黑地干了起来。当时下种子催发芽已来不及了，王益群又为他调集了茄秧。

米坑村的红茄秧牵住了王益群的心。每隔几天，她就要带着农艺师去田间看看茄苗的发育、虫害情况，进行具体指导。几个月的辛苦没有白费，那些长长的、红红的、水灵灵的茄子长得多喜人啊。王益群事先就为茄农们联系好贩销大户，将红茄卖到台州市区的菜市场去。这一年，一亩地的红茄收入竟达到 5000 元，是水稻收入的 10 余倍！

往后的几年，张胡德都种两亩地的红茄。由于是无公害高山蔬菜，味道又好，红茄的价格一路攀升，张胡德的收入更是年年提高。

米坑村的红茄种植成功了，更多人加入了这个行列，全村种植红茄 200 亩，成了上张乡“高山蔬菜第一村”。

丰收的季节，王益群喜欢顶着露水，和农民们一起去采摘红茄，她小心翼翼地将鲜嫩的红茄放到箱子里，就像把睡着的婴儿放到摇篮里，每每这个时候，王益群心灵最柔软处都会被触动，她想起了儿子，她留给儿子的时间太少了。

红茄给张胡德带来了富裕，给一辈子生活在穷乡僻壤的山民带来了自信和满足。

那天，张胡德带着我们走进一个古老的四合院，西厢有一间属于他的危房，那是“土改”时从地主手里分得的。踩着那吱吱作响的楼梯，张胡德不住地提醒我们不要碰头，踏上了补了又补的破旧地板，老人家又提醒我们不要踩空。屋里久未住人，蒙上了一层厚厚的灰尘。张胡德说，他们一家原本就住在这里，梅雨天霉得他身上长霉，刮风天刮得他心惊肉跳。他又带着我们出了四合院，拐个弯，走进他前年落成的新屋，四层洋楼，钢筋水泥结构，结实而漂亮。踏进新屋，当我和同伴们要上底楼的卫生间时，他一再提醒我说，到楼上去，那里干净。当他说“楼上也有卫生间”时，他的语气里充满自豪。

“住在这屋子里，就是云娜台风来，我们也不怕了。”张胡德说。

提起“云娜”台风，四岙湾村的李小同就分外激动。李小同是高山蔬果的销售大户，村口的公路旁有他家一字儿排开的七间仓库。

那是2004年8月11日，广播里，电视里，都在报导这个用女人名字命名的14号台风，它将在8月12日20时正面登陆台州，并横向穿过整个浙江省，风力超过12级。

防台抗台！保护人民的生命财产安全！王益群和同事们立即奔赴呈峡谷地势的四岙湾村。她召开两委干部会议，部署抗台事宜，落实低洼地段人员和财产的转移，决心把台风造成的损失减到最低。

12日，天空乱云飞渡。风雨越来越大，小溪湍急而烦躁，很快就溢出了河床。一路上，风雨吹打使得王益群睁不开眼睛。当她巡视到四岙湾村李小同家时，洪水已没了他家的天井。而李小同躲在仓库里，他抱着侥幸心理，死守着他的8000只彩印的包装纸箱。王益群果断地对他说："马上撤离！"李小同指着那摞得高高的包装箱，说："这可是32000块钱啊。"

32000元对于一个农民的分量，王益群清楚得很。她火速打电话叫来六位乡干部，大家动手，把纸箱和它们的主人一起转移到安全地带。他们前脚刚从仓库撤出，洪水后脚就呼啦啦地冲进来了，并很快地暴涨到屋顶，仓库的墙壁轰然倒塌。心有余悸的李小同拉住王益群的手说："全靠你，全靠你，要不8000个包装箱成了纸浆，我也要被淹死了。"

当晚，王益群住在米坑村支部书记张贤林家里，加上村会计三人一起值班。"云娜"越来越暴戾，怪叫着，恣意地毁坏着一切。电线杆被刮倒了，电线扯断了，树木被拦腰斩断，屋顶的瓦片像受惊的乌鸦满世界乱飞乱撞，又掉在地上摔得粉碎。大地在绝望地呻吟，王益群的心在紧张地痉挛着……

电话骤然响了，王益群一把拿起话筒，是山那边长塘自然村打来的，说的是村民陈学明家的围墙倒塌了。

王益群二话没说，穿起雨衣，套上雨鞋。支书和会计拉住了她，说："外面危险，你一个女同志，守着电话机就行了。"王益群谢绝了他们的好意，拿起手电筒就冲出了门。

三人一起向长塘村进发。风裹着他们，让他们举步维艰。他们一会儿被风拽向左边，一会儿又被搡到右边，有几次差点儿被推下深深的沟壑。他们跌跌撞撞地走着。糟糕，前面黑乎乎的东西挡住了道路，仔细一看，是一抱粗的断树，粗壮的树干和繁茂的枝叶把路挡得严严实实。于是他们手牵着手，一点点地从那"拦路虎"身上爬了过去。突然，一只瓦片飞了过来，从王益群腮边擦过……

终于到了长塘村的陈学明家。当他们把人和财物转移到安全的地方，已经是午夜时分了。

徐彩娥是个苦命女人。在20世纪60年代最困难的年月，贫穷和疾病夺走了她丈夫年轻的生命。扔给她的，是五个嗷嗷待哺的孩子，还有年迈的公婆。当时她刚三十出头，就用羸弱的肩膀挑起全家八口人的吃口。

年复一年地苦挣苦挨，终于熬到了天命之年。她家分得了一亩八分自留地。徐彩娥春栽稻秧，秋种油菜，把土地拾掇得花团锦簇，收下的庄稼能让全家混个肚子圆。几个女儿陆续出嫁了，她肩上的担子似乎轻了一点儿。

可是唯一的儿子不争气。种田他怕苦，砍柴他嫌累，后来还染上了赌博的毛病，夜晚赌通宵，白天睡大觉，任徐彩娥怎么劝怎么骂都不行。养儿防老的美梦破碎了，无奈的徐彩娥决定“活到老，干到老”，什么时候腿脚走不动了就拉倒。

有这一亩八分地保底，徐彩娥心里不慌。这块地花不了她太多时间，农闲时，她还到仙居城里谋得一份清洁工的差使，靠这些钱，她把嫁女儿的债务渐渐还清了。

2007年5月16日，一个噩耗传来，她家着火了。77岁的她向厂里请假，管事的告诉她，你老了，不必再回来了。徐彩娥一愣，在这以前，她还以为自己勤勤恳恳，人家能让她干到100岁呢。她踽踽独行在回家的路上，心七上八下的，家没了，往后住哪儿呢。然而，令她没有想到的是，还有更倒霉的事在等着她呢。

顺着那条刚刚铺好的公路走到村口，她惶恐地发现，她的一亩八分水田不见了。凭着记忆，她找到了一堆厚厚的石子，就像一个新的庞大的坟墓，她的青苗，她的稻秧，全被埋葬在石头下面了。

她去找施工队理论，当初他们答应过，毁了她的一亩八分地，每年补她一千元。可道路完工了，施工队撤走了，此刻她又能找谁去?

多年在城里打工，徐彩娥毕竟是见过些世面的。铁打的营盘流水的兵，施工方跑了，管事的总还在。于是她迈着苍老的腿，找到了镇政府。

徐彩娥的身上，有着仙居人的较真劲儿。再说，土地是她的命根子，岂能白白被毁掉?她隔三差五地往镇里跑，镇里管不了，她就往县里跑。她随身带着一条口袋、一口碗。饿了，要口饭吃，渴了，接碗水喝，困了，找个避风的地方躺下。这么一跑就是三年。

2009 年，王益群受理了这个案子。她以一个女人的体贴，以一个干部的责任心，对悲愤交加的徐彩娥说："阿婆，别慌，你的事我来管。"

王益群让人开来铲车，铲走了小山般的石头。又叫来了五个人，去捡嵌在泥里的石子。王益群也亲自下到田里抠石子，她抠的不是石子，而是老百姓心里的疙瘩啊。

土地是收拾干净了，可要把压得如石板般硬实的土地耕开，根本是不可能的，王益群又调来了挖土机，将这一亩八分地挖开掘松。十天时间，土地收拾好了。灌满水的黑土软软的，冒着活泛的泡泡。春播已接近尾声，王益群帮着老太寻找秧苗，赶紧插下。功夫不负苦心人，这一年的秋天，徐彩娥收了 15 箩（一箩约等于 80 斤）金灿灿的谷子。第二年，这一亩八分水田的收成就增加到 20 箩了。

同时，王益群把拖欠老人数年的几千元补贴费也解决了。

去年秋收时，老人想起了王益群，今春的油菜花又开了，老人又想起王益群。睹物思人，伊人已逝。浑浊的泪水从老人满是皱纹的脸上滚落。她说："我的日子好过了，益群却走了。"

忽然，徐彩娥扬了扬手里的袋子，耿耿地说：“若不是她帮我解决了问题，我还是要一条口袋、一口饭碗，一直上访不止！”

71岁的吴冬香是后里吴村人。后里吴村在山脚下，越是后面的人家，地势就越高。吴老太家住在“山冈头”。我们跟着主人，沿着窄窄的山路，拾级而上，终于到了她的“山冈头”。

屋子非常破旧，屋顶有个席面大的空缺，片瓦无存，白亮亮的直顶蓝天。后门紧挨着山，一步跨出去，很可能一鼻子就撞在岩石上，附近是一些破坟，露着黑黑的洞口。房子的后墙上有大大小小的洞，有的修补好了，有的露出难看的伤疤。老人指了指陡峭的山坡说：“都是上面滚下来的石头砸的。只要是下雨天，泥土松动了，石头就往下滚。”

我的背脊凉飕飕的，那石头若是正好砸在人身上，不是一命呜呼，也是半身瘫痪了——不是危言耸听，散文作家胡明刚的嫂子，就是被这样的滚石砸中下半截身子，把骨盆都砸碎了。

“还有蛇，”吴冬香举起自己的一条胳膊，比画着说，“这么大的蛇，直往我家里窜。家里有个男人还好一点儿。我命苦啊！”吴冬香又抹起了眼泪。她告诉我说，她这辈子生了三个女儿，全都嫁到外地去了，他的老伴在13年前因高血压引发偏瘫，而后的日子里，吴老太带着他到处求医问药。老伴半边身子僵硬，一条腿像一根棍子一样动弹不得，下岗，上岗，都得吴冬香背。蜿蜒的山路，沉重的身躯，还有那条净帮倒忙的“棍子腿”，两位老人常常一起摔倒，又一起从上坎摔到下坎，半天爬不起来……

这样的日子挨了一年。钱花光了，病不见起色。老伴绝望了。第二年农历五月初十，吴冬香到地里摘豆，老伴用一根麻绳，把自己悬在梁上……

说到这里，老人泣不成声，涕泗横流。

她说，她多想在山下有一间房子啊，她没有太大的奢望，拆旧建新，一间就行，只要能建在平地上，只要农用车和三轮车能到家门口，这样，就不会有那么刻骨铭心的背着老伴上岗下岗的艰难，老伴也不会自寻短见！

可地基是个大问题。在农村，没有儿子已低人一头，死了老伴更低人一头，何况，这会涉及四个组，协调起来相当麻烦。

“她不重男轻女，不欺贫爱富。”这十一个字，吴冬香念诵过不知几百遍了，说起来格外流利。王益群东奔西跑，苦口婆心，依靠政策，解决偏见，让吴冬香拿到了地基。吴老太带我们下了岗，到了她新批的地基旁。坐北朝南，宽宽畅畅，紧挨着平坦的马路。左右相邻的屋子已经在建了。老人说，单等女儿女婿筹足了钱，她也要砌一间和他们一样气派的钢筋水泥楼房。

她打开手机，调出了一个手机号，举到我面前说：“这是益群的号码，我舍不得删掉，舍不得……到新屋砌好时，我一定给她打电话，请她过来坐坐……”

提起王益群，官路镇大湾下村的王焕平的双眼红红的。大湾村原本建在高山上，多年前，全体村民移到山下居住。王焕平家里困难，移居后没能造起新房，只是租了别人 30 多平方米的旧房。王家有一子一女，一家四口挤得“水缸镬灶连眠床”。

几年前的一天，他吃饭噎住了，老婆往咸菜碗里冲点儿开水，说：“喝口汤，往后吃慢点儿！”那以后，王焕平放慢了吃饭的速度，可是他还是噎，且噎的频率越来越高。后来改吃粥，到最后，吃粥也困难了。到医院一查，他患的是食道癌！

当时的王焕平才四十出头，一对儿女尚小。他是这个家庭的顶梁柱，怎么能得这种凶险的病！救命，救命要紧，可是，一个贫穷的山野农民，怎么能承受得起那昂贵的医疗费！

他东挪西借了 7 万元，去医院做了肿瘤切除手术，术后又是几个月的化疗，终于捡回了一条命，却拉下了一屁股的债务。

王焕平的身子骨已经很弱，再也干不动繁重的体力活了。一家人的用度，全指望妻子给人打工那点儿微薄的工资，捉襟见肘自然是不必说。最难堪的是债主讨上门来，对于一个自尊心挺强的男人来说，这日子确实是太难过了。

那一天，王益群来了，她看到王焕平形销骨立的样子，看到饭桌上一碗没油的咸菜。她心酸极了，说："动过大手术的人，吃咸菜怎么行?"

她打开了自己的钱包，把百元全取了出来。王焕平坚决推辞着，说："我怎能拿你的钱?"王益群就把钱放在他正趴在椅子上写作业的孩子前面，说："他们正在长身体，营养太差也不行。"把王焕平这硬汉子感动得眼窝子热热的。临走时，她对王焕平说："谁一辈子没有七病八灾的？不怕，有困难找我。大家一起想办法，坎坎沟沟就会迈过去的。"

待到王焕平的身体硬朗了一些，王益群就跑到附近的一家工艺品加工店，替王焕平找了份轻松的活儿。就这样，王焕平家的日子一天天缓过劲儿来了。

王焕平红着双眼对我们说："益群是好人，这样的好人年纪轻轻就走了，真叫人心痛肚肠断啊！"

工作26年来，王益群做过的好事实事，帮助过的群众，多得不胜枚举。桩桩件件，都看得出她的仁心善心。但是你若以为她仅仅只是个慈善者，或者以为那只是妇人之仁，那你就大错特错了。

在她四年的镇纪委书记生涯中，她的铁面无私、敢于硬碰硬的作风是有口皆碑的。

大湾村的王国满是个强势人物，当了多年的党支部书记，有一定的社会基础，呼风唤雨惯了，竟变得狂妄自大起来。群众对他敢怒而不敢言。王国满竟然不经过党支部会议，私自将预备党员的资格送了人情。一个送给同村的王某，一个干脆给了自己已外嫁他乡的女儿。王益群认真查处这个案件，她顶住了种种压力，报经镇党委，取消了这二人的预备党员资格，并给予王国满撤销党内职务的处分。

桂坑村村委会主任赵荣杰也是个“非常人物”。2000 年，他因犯妨碍公务罪，被判处有期徒刑 6 个月。奇怪的是，蹲了大狱，他还是村主任，出了大狱，当然更是村主任。待到王益群上任，事情过去已经多年，人们也已见怪不怪渐渐麻木了。但王益群发现了，认为必须要严肃处理。一石激起千层浪，赵荣杰的狐朋狗友都骂她“狗拿耗子，多管闲事”，扬言要给她点儿厉害瞧瞧。个别镇领导也怪她无事找事，“摸把虱子放头上抓抓”。更有人劝她，“人情留一线，日后好相见”。可王益群说，原则问题，决不能含糊！经过几个月的调查摸排，核准事实，经仙居县纪委批准，把赵荣杰清理出党的队伍。

类似的案例还有不少。在她任纪委书记的四年中，王益群严肃查办了 12 件违法违纪案件，29 件信访，捍卫了党的纯洁性，增强了政府的凝聚力，缓解了群众和干部的对立情绪，维护了一方安宁，增强了社会和谐。

王益群还在台州市率先推行“一线工作法”，开展“网络化管理、组团式服务”试点，推行早会和民情下村夜会制度，进一步转变机关干部作风，确保廉政教育警钟长鸣，加强村干部与群众之间的交流沟通，推进全镇经济发展。正因为这些治本抓源措施的落实，这几年，官路镇的山格外绿，水格外清，违法违纪案件有了明显下降。

一个成功的男人背后，都有一个伟大的女人在默默付出。我不知道王益群算不算是个成功的女人，可是 26 年来，她一心扑在工作上，扑在为群众谋幸福上，她做的一件件事，一桩桩事，都是有目共睹、有口皆碑的。正因为心里揣着太多的百姓疾苦，她忽略了自己的小家庭。因此，她丈夫的付出是不言自喻的。

20 世纪 90 年代初，王益群在下各镇工作。下各镇离县城挺远，去一趟就得走 3 个小时。王益群工作起来很拼命，有时一忙就忙到凌晨四五点钟。所以儿子 3 岁，她就忍痛扔给了丈夫，让他当抚育孩子的“全权代表”。

这是一幢 20 世纪 90 年代初建造的房子，外墙上斑驳的窄窄的瓷砖，显示着它风华不再。王益群一家就住在这幢楼的四层。双卧，单卫，厨房小小的，一张小小的电脑桌被挤在小小的书房角落里。

王益群成年累月地在基层工作，要么住在乡下回不了家，要么深更半夜才筋疲力尽地踏进家门。我心里想，她到底有多少时间待在自己的蜗居里?

益群走了大半年，可这个家被收拾得井井有条，纤尘不沾，这男人的细心和勤劳就此可见一斑。

对于王益群的工作态度，父子俩在支持的同时，有时难免也有怨言。有一年中秋节，王益群说好要回家团圆的，父子俩快乐地摆好了月饼，洗好了水果，站在阳台上，望着冉冉升起的圆月，期盼她早早回家。可等啊等，直等到月上中天，还不见王益群的影子。男人真的生气了，跟儿子说，我们再也不理她了。儿子歪在沙发上睡着了，还打起细细的鼾，看得当爸的心里发酸。直到月儿都偏西了，疲惫不堪的王益群才回家，她一下子瘫坐在沙发上，哼着累死了，脚也疼死了。他丈夫马上心软了，立即为她打来了洗脚水，卷起那沾满尘土的裤腿，把那双劳苦的脚放进温暖的汤水中……

王益群的母亲患脑萎缩整整八年，大小便不能自理。王益群工作忙，尽孝的义务都落在他这位女婿身上。一个大男人，端尿倒屎的，还不是给自己的亲妈，有多少尴尬，多少不便，可是他都坚持下来了。都说是久病床前无孝子，天下有几个女婿能做到十之一二？

2010年初，已上大学的儿子说："我们家的房子太旧了，建议重新改装一次。"他们夫妻俩商量了一番，说："装吧。"思想是统一了，但王益群忙得老不着家，又能有多少精力投入到繁琐的事无巨细的装修工作中呢？

我站在用半米见方的灰色地砖铺就的客厅里。王益群的丈夫告诉我，唯有这地砖，是夫妻两人一起去选购的。

男人无怨无悔地忙着一切，几个月后，房子是装修好了，王益群却一天也没住着，留给父子两人一个天大的遗憾。同样遗憾的是，王益群和在杭州上大学的儿子有个约定，相约在2010年的暑假，全家去上海看世博，同时享受弥足珍贵的天伦之乐。可就在这年初夏，王益群倒下了。

2010年5月28日，作为一个政治可靠、业务稔熟的乡镇纪委书记，王益群被抽调到椒江异地办案。这样的抽调，王益群早已习以为常。可和她同行的王秀燕是第一次参加，她诚惶诚恐，又充满好奇。身为组长的王益群就给她们几个新手上了一堂培训课。

在椒江的日子，来自仙居的电话不断响起，她对着电话那头，解释这个问题，嘱咐那件事情，忙得不可开交。王秀燕想：王大姐总是这么忙碌，她好像就是为工作而活着的。

王秀燕认识王益群已经十多年。不管是工作上，还是生活上，王益群都是她学习的榜样。审讯工作很辛苦，她们轮班分管监控室。休息的时候，王益群就拿出自带的药罐熬起了中药。那些日子，她的胃部总是不适，服了些西药也不见效，医生劝她用中药调理一下。

开饭的时间到了，王秀燕喊她一起去吃饭。可王益群一点儿胃口都没有，只得避开正常吃饭的时间，等大家都吃过了，她才去胡乱喝点儿汤，填填那个不争气的胃。

胃非常痛，痛感放射到背上。王益群咬着牙关忍着，不喊不哼。可满脑门的汗珠让同事们看出来了，大家劝她休息去。她笑笑说，没什么，就是有点儿背痛。她让王秀燕给她捶了会儿背，又继续工作。

在椒江的第一晚，胃痛让她辗转反侧，彻夜难眠。她一会儿佝偻着身子，一会儿趴在床上，总算熬过了一夜。第二天晚上，她对值夜班的同事说："你休息去吧，反正我也睡不着，让我值夜班吧。"

一直坚持到 6 月 5 日，案件顺利结束，他们从椒江回到仙居。王益群在丈夫的陪同下，到医院一检查，已是胃癌晚期了。47 天后，王益群带着未竟的心愿，带着对丈夫、儿子的无限眷恋，带着对乡亲们的万般牵挂，撒手人寰。

2009 年的同学会上，王益群唱了一首歌，那首《为了谁》："泥巴裹满裤腿，汗水湿透衣背……"她唱得很投入，唱得热泪盈眶。

此时此刻，我也想把这首歌唱给天堂里的王益群："为了谁，为了秋的收获，为了春回大雁归。满腔热血，化作青春无悔，望穿天涯，不知战友何时归？……谁最美？谁最累？我的乡亲，我的战友，我的兄弟姐妹，姐妹！"

我想告慰王益群，人民记得你，战友们记得你，你奋斗过的山山水水记得你！你倒下了，有更多的人挺身而出，你绝不是孤军作战。现在，全省上下都学习你的精神，会有更多、更优秀的"王益群"涌现出来。这应该是对你最好的祭奠和怀念吧！

王益群，安息吧！

破茧成蝶说林霞

我常常想，那种叫蚕的虫子在树上爬行吐丝，为什么别人都视而不见，单单让黄帝的元妃发现呢？这位生活在4300年前的嫘祖女士可真是了不起，她不但发现了蚕，还驯服了蚕，让它们乖乖地待在屋里，夜以继日地蚕食桑叶，孜孜不倦地吐丝做茧。

嫘祖还摸索出一整套从蚕茧里缫出丝来的方法，然后纺织成帛。从此，人们才享用了轻柔滑爽的绸、缎、锦、绨等蚕丝织品。

爱美是人的天性，女人更甚。女人因为爱美而聪明，而执着。

斗转星移，渐渐地，人们已经不满足于普通的帛了，于是又有一些聪慧的女人，她们用剪刀，用针线，在丝织品上雕、镂、包、绕、抽、拉、镶和拼，于是，就有了美不胜收的台州刺绣。千百年来，台州这块土地上一代一代地生长着勤劳的绣娘，她们的作品，或花鸟虫鱼，或风景人物，栩栩如生，人见人爱。

台州的雕绣起源于清末。那时，台州海门（现椒江区）已有了天主教堂。为维持生计，教徒们就在教堂内刺绣，她们在丝织品上弄出许多花样，这些产品就被称为“天主堂花”。当时的花样简单，产品也不高档，只是些坐垫、椅披之类。岁月渐进，台州的绣品质量不断地提高，客户的需求也不断增长。1916年，上海诗商许泽民在海门开设了“许永利花厂”，集中“放花收花”。因有利可图，海门人群起而效之，于是又有了华品、协成、民生、慎源、仰成等花厂，绣花规模和技术得到进一步发展。到1935年，台州年绣花产量达到16万件，绣花妇女近万人。

新中国成立之后，台州绣品更是蒸蒸日上。到了20世纪70年代，台州的绣品规模曾居全国之首，5万多名绣娘像星星一样散落在城市乡村。几乎家家户户的屋檐下，都架着那种长方形的绣棚。一双双巧手穿针引线，上下翻飞，她们刺绣的收入往往超过当家的男人。为了保护这赚钱的纤纤玉指，男子汉们就心甘情愿地放下身段，当起了“家庭煮夫”。

绣花的被单、床罩、披肩和衣裙漂洋过海，成为世界各国王室权贵的宠儿。台州绣衣厂也成了让人艳羡的单位，姑娘家都以能进这家体面的工厂工作为荣，而外面的小伙子，能娶到绣衣厂的女工，则额手称庆。

林霞仿佛是为刺绣艺术而生的。她很小很小的时候，就常常依偎在绣娘身边，看着那些美丽的绣品着迷。夜里，她常常梦见自己也能“做”出这么漂亮的，甚至更美妙的东西。那些绣品像一只只美丽的彩蝶，带着她翩翩起舞，飞向旷远的天空。

20世纪80年代初，17岁的林霞如愿以偿地踏进了台州绣衣厂的门槛。她可不是去当绣娘的，人小志高的她目标是绣品艺术设计！可是，被指定带她的师傅让她碰了个钉子，拒绝带她这个徒弟！林霞尴尬极了，但她知道师傅不是冲她来的，是那师傅对领导的指派充满反感。小林霞伤心沮丧，偷偷地流了眼泪。但顽强的她并没有退缩，而是默默地立下誓言，一定要刻苦努力，学好本事，不但将师傅的技艺学到手，将来定要超过她，让师傅将来以她这个徒弟为荣！

她站在师傅身边，一点一滴地汲取艺术营养。她的乖巧和坚忍获得了师傅的欢心，渐渐地待她好了，便把技术毫无保留地传授给她。小林霞像一片干涸的土地，贪婪地吮吸着绣衣文化的雨露。她像一条小蚕，一次次蜕变，迅速成长。

年复一年，年轻的女设计师不但继承了台州绣衣的传统技术，更难能可贵的是，还潜心创作了全雕绣、抽珠绣、彩绘绣、盘带绣、镶贴绣等多种技法，这些技艺在她自己的作品里得到完美的结合。

这时的她像一条成熟的、精力充沛的蚕，站在人生的制高点上，不断地吐着优雅的丝。

20 世纪 90 年代初，许多大企业都开始走下坡路，台州绣衣厂也不例外。外国的订单不断地流失，而国人又享受不起这么高档的奢侈品。眼看着工厂越来越不景气，而年轻的林霞又无力改变这种窘境。她觉得，再耽搁下去就是虚度光阴了。可是，丢掉铁饭碗又需要多大的勇气？经过几个月的挣扎和徘徊，她终于选择了放弃，含泪写了辞职报告。

离开了她心爱的工厂，却不能割舍她对绣衣艺术的痴迷。她常常夜不能寐，脑子里全是那些漂亮的图样和针法。她担心台州绣品这朵奇葩从此凋零。可如何才能让它们恢复青春呢？

唯有创新，唯有改革，走出一条崭新的路子，才能挽救台州绣衣没落的命运。

可这绣衣行业怎么创新呢？

那时兴“摸着石子过河”。林霞想，时代在前进，人的审美也在变化。外国的客户也许是产生审美疲劳了吧？聪明的林霞想起了“时尚”二字。有了“时尚”，就会吸引富人们的眼球，从而拿到更多的订单。她尝试将台州刺绣艺术与现代时装理念相结合，特别注重绣品的应用性和适用性，让更多的人能享受到丝绸制品，从而把产品推向新的市场。

1993 年，林霞抱着背水一战的决心，把自己仅有的一套房子给银行做了抵押，贷到了她创业的第一笔资金。就这样，林霞创办了“银河制衣有限公司”，自任董事长兼总设计师。

有了公司这个载体，就有了充分的自主权。从此，林霞迸发出了无限的创造力。那时候，她的创作达到了井喷的阶段，她和她的伙伴们，每年推出几百款新式花样，每年都举办多次时尚品牌展出和新闻发布会。她的代表作“抽珠绣连衣裙”和“镶乔其纱全雕上衣”，多次获得国际金奖。她还成功地研发出高清晰绣画，从而把产品推上了新的台阶。

林霞声名鹊起。1998年，她又创立了以台州刺绣百年文化底蕴为基础的“台绣”的民族传统女装品牌。根据不同的消费人群，设计各种档次的产品。经过调整，“台绣”产品以其独特的艺术个性受到国内消费者的青睐，公司快速成长，“台绣”商标与产品也成为台州市著名商标和名牌产品。公司的销售，也加入了全国品牌连锁加盟营销模式。

她的蛋糕越做越大，她的产品遍地开花。目前，我国几百个城市的商场、机场、高速公路服务区，都开设“台绣”品牌形象店。更值得骄傲的是，她为全国各地青年搭建了创业平台，解决了几千人的就业问题，为国家累计创造了几千万元的税收。

她的产品有以日用为主的睡衣雕裙，以收藏为主的全雕披巾，还有各种旅游纪念品，文化礼品及奢侈精品等。在中国服装品牌展上，台州绣品得到多位中央领导和省领导的肯定和赞许。

林霞从事绣衣服装设计30余年，以首席设计师的身份创作了许多惊世作品，她的“抽珠绣绣衣”获浙江省工艺美术创新一等奖，“美人鱼全雕绣衣”获首届“金桂奖”服装大奖赛设计二等奖，“盘丝带绣衣”获首届中日友好今井杯丝绸服装大奖赛一等奖，“彩色绣系列套装”获中日友好今井杯服装大赛一等奖，“全抽抽珠绣绣衣”获两届北京国际博览会金奖，“纯真的传承”获第八届中国工艺美术大师作品“百花杯”银奖。“台州刺绣品”在中国（义乌）文化产品博览会获得工艺美术作品金奖。绣花披巾“锦绣中华”获中国织绣精品大展奖、大师精品奖。“凤来仪·幻彩披巾系列”获首届中国·浙江工艺美术精品博览会金奖……同时，林霞还先后荣获浙江省“百业青年标兵”“新长征突击手”“首届工艺美术优秀工作者”和“台州十大杰出青年”等荣誉称号。首届中国刺绣艺术大师评审结果出炉，林霞荣获“中国刺绣艺术大师”称号。2011 年，她被评为浙江省文化产业创新奖 20 大新浙商。

林霞终于实现了她的梦想，破茧成蝶，实现了她的华丽转身。

在林霞的台绣艺术馆里，我们见到了这个身材苗条的女子，看起来，她比实际年龄年轻许多。天生的模特坯子，穿着她自己设计的华美绣衣，高贵得犹如一只白天鹅。时尚的发式、大黑框眼镜、造型奇特的项链和内圆外方的手镯，分明是个“时尚先锋”，誓要将时尚进行到底！

我们漫步在林霞的台绣艺术馆里，琳琅满目的刺绣艺术珍品扑面而来：全雕披巾、双面宝马、欧洲油画、中国山水、花鸟虫鱼和现代名人肖像；更有形形色色的旗袍、古色古香的抹胸、小巧玲珑的钱包、五彩缤纷的手绢。它们带着纯美，带着华贵，还有那撩人心弦的神秘，令人震撼。

我驻足在“源·衍生”系列作品前，那是四件原色的、形状各异的丝绸绣品，分别嵌在长方形镜框里，像一只只硕大的蚕蛾振翅欲飞。“葡萄绣”表现的是蚕的细胞核，“开格”表现的是翅膀经络，“胖胖针”绣成的蚕宝宝。纤细的拉丝线表现的是蚕吐丝，用掉针和反掉针法表现了蚕蛹。更别出心裁的是，林霞竟把一个个真实、丰满的蚕茧搬进作品，表现的是蚕们最终修成的正果……那么多蚕宝宝，它们奋力蠕动着，开心地忙碌着，从四面八方向中心汇集，又从中心向四面辐射出去。整个画面虚虚实实，情景交融，让我们看到了物质的起源，看到了生死的轮回，看到了时空的交错，听到了远古和当今的对话。作品中流转着那种气韵，那高扬的旋律，那丰富而深邃的内涵，都让人叹为观止。这件作品获中国第八届国际产业博览会工艺美术精品展金奖、第七届国际创意产业工艺美术金奖、第三届中国·浙江工艺美术精品博览会“明清居杯”特等奖、第9届中国（深圳）国际文化产业博览交易会“中国工艺美术文化创意奖”金奖和2013年中国工艺美术精品博览会金奖。

最让我感慨的是那件名为“蝴蝶效应”的无袖旗袍。作者用意识流的手法，表现的是西子湖畔花丛中，一只小小的蝴蝶扇动着翅膀，宁静的空气被轻轻干扰，小小的风波一圈圈地向外扩散，并不断放大，终将掀起一场势不可挡的旋风……

旗袍的领子为方斗形，前面是宝蓝色，后面和两侧却是绯色的。它宽大高耸，像一面风帆，像一面旗帜，似乎要引领着整个展厅的绣品前进。旗袍的胸脯处是浅蓝色，向下渐次过渡到浅绿，到腰下则化为绯色，下摆处，又加入了大写意的几笔墨色，真是富丽堂皇，美轮美奂！要知道，这些颜色都不是染的，全是一针针一线线绣出来的。林霞居然把色彩学、美学融会贯通，实在让人敬慕。

这旗袍的针法，又是一次创新，林霞用了乱针、掺针、相叠加针法，又结合了绕洞针法，渐变成打籽绣针法。运用了这么繁复、这么高难度的工艺，才完成了华贵无比的“蝴蝶效应”这件旗袍。这件珍品，获得2012年“儒士家百花杯”中国工艺美术精品奖金奖和第三届中国·浙江工艺美术精品博览会“明清居杯”银奖。日前刚刚从国外回来的林霞又带来了好消息，她的新作在亚太展上，分别获得了金奖和映山红奖。

林霞并不满足自己的成绩，她永远在追求，在前进，在创新，在超越。最近，她的新作“淡”又将新鲜出炉。

我们祝愿，林霞的事业也会如蝴蝶效应，在全世界掀起可喜的旋风！

震灾中的母亲

平日里，这些年轻的母亲，也许柔弱，也许娇媚，也许还比较任性。但是在巨大的灾难来临之际，在幼小的生命亟待保护的时刻，她们毫不犹豫地挺身而出，在一瞬间就成为了顶天立地的英雄。我感念震灾中的母亲！

一

当救护人员发现她的时候，她已经以这样的姿势定格了：双膝跪地，双手坚定地撑着。她的上身向前匍匐着，模样就像行跪拜礼，她的身体被压得变形了，让人不忍卒睹。但是在废墟中，拱起了一座母爱的桥。

我不知道她从哪里得到的力量，在大厦即将倾倒的瞬间，在水泥板和砖块狂暴地砸向她的那一时刻，她没有趴下，而是用这种姿势支撑着，直到永恒。她背负着的是千万斤的废墟啊，她还是没有倒下。因为有一种爱的力量在支撑着她！

也许她还活着？救援人员冲她喊叫，用撬棍敲击着水泥框梁。她没有听见，也没有任何反应。队长从砖石的缝隙中伸进手，触摸到的是冰凉的躯体。于是人们暂时放下了她，走向下一个废墟，去救一息尚存的人。

或许是得到神灵的启示，救援队长忽然想到什么，他迅速往回跑，竭尽全力地把手伸进那女人身子弯成的“苍穹”下，他探到了一个软乎乎、暖融融的小生命！那是一个孩子！救护队员们把断壁残砖搬开，从她屈曲的身体下面，抱出一个三四个月大的婴儿。在母亲的呵护下，她酣然熟睡着，因为有母亲的庇护，山崩地裂，并没有惊醒她的梦。

队长紧紧地把婴儿护在怀里，泪眼莹莹，满脸慈蔼。

橄榄绿和红色的襁褓互相辉映，成为人间最美丽的风景。

孩子毫发未损，一直安详地睡着，红扑扑的小脸让所有的人为之动容。

随行的医生准备给她做体检时，襁褓中却滑出一部手机，上面是一条已经写好的短信：“亲爱的宝贝，如果你能活着，一定要记住，妈妈爱你！”

这是世界上最感人的短信，同时也是一条特殊的遗嘱，一个伟大的祝福！

亲爱的宝贝，妈妈爱你！

手机从一双手传到另一双手，就这么一直传下去，泪水滴在手机屏上，模糊了那两行字。

都说父爱如山，母爱似水。但是谁敢说，这位母亲的脊梁不是一座大山？

二

5 月 13 日的下午，都江堰一座坍塌的民宅里，数十名救援人员用双手奋力挖着，努力搜寻着幸存者。

一块沉重的大石板被移到一边，揪心的一幕跃入人们的眼帘。

一位年轻的母亲怀抱着婴儿，她的头脸和身躯全是血污。她的上衣向上掀起，雪白的胸脯刺得人眼睛生痛。而怀里的女婴则十分安详，她惬意地吃着奶，咂巴有声。婴儿粉嘟嘟的小脸与母亲残损的头颅，形成了鲜明的对比……

女婴被医生小心地抱起，离开了母亲的怀抱，她大声哭闹了起来。

她贪恋着母亲的怀抱，她并不知道她亲爱的母亲，从此阴阳相隔，再也不能提供甘甜的乳汁了。

母亲的头颅向前倾着，身体弯成一座小小的拱桥。在猝不及防的灾难袭来之时，母亲只来得及做两件事，一是把身子蜷曲，护住自己的宝贝，二是给孩子喂奶，让她在等待援救的时间里不会挨饿。在大地被撕裂的刹那，她将这两件大事做得如此从容，如此完美。

母亲的姿势，显得刻意而努力。她尽最大的力量保护着孩子。那是亲生的骨肉，“一个死去的妈妈还在为自己的孩子喂奶”，生命在壮烈地延续。

哺乳的场景司空见惯，但在此时此刻，人们的心灵被强烈地震撼了，泪水再也无法克制……

从地震发生到人们从废墟里把娘儿俩挖出来，已经过了二十六七个小时。母亲的身体早已冰冷，母亲的四肢早已僵硬。但我知道，没有冷却的是母亲的愿望：亲爱的宝贝，你一定要平安！

没有母亲最后的哺乳，婴孩的体征能如此正常，神态能如此安宁？

泪水淹没全世界的眼睛，也让全天下的孩子们真真切切地看到了母爱的伟大。

三

震后的家园，满目疮痍。人们从倾塌的房子底下，救出了许多婴儿。

他们的母亲，在哪里啊？或许长眠于地下，或许下落不明。

或许因为悲痛和惊吓，母亲的奶水干涸了。不幸的孩子啊，聚在刚刚搭起的帐篷里，挥舞着手脚，张大嗷嗷待哺的嘴巴。

他们在声声地哭喊，呼唤着母亲的到来。

没有奶粉，没有奶瓶。只得用米汤或稀粥来喂养，可他们稚嫩的小嘴只能吮吸，不会喝汤！

蒋晓娟来了。她是6个月男婴的母亲，也是一位美丽的巡警。婴儿的啼哭扯痛了她的神经。她停下脚步，敞开自己的胸怀，没有任何的羞涩。她把这些小生命一一拥在怀里。

“宝贝别哭，让我来喂你吧。”甘甜的乳汁，带着体温，滋润着一个个孩子干渴的心田，融融的母爱，安抚了孩子们惊恐的眼神。孩子们笑了，打着饱嗝，他们感到满足。依偎在母亲的怀里，孩子们不再惶恐，欣然地安睡。

母亲的乳汁，源源不断，犹如山泉。世界上的孩子，都是我们的血肉！

看着年轻的母亲，我热泪盈眶。我总想对孩子们说，宝贝别哭，你失去了一位母亲，但是有千千万万个母亲伸出双臂来拥抱你！

我们的怀抱，虽然陌生，但同样柔软，同样温馨。

在我们的怀抱里，孩子们会健康、幸福地成长。

四

“母爱无边！”“恩重如山！”

越过千山万水，越过废墟，我们赞美，我们歌唱。地震中的母亲啊，世界上最平凡的，也是最伟大的群体。

在重建家园时，我们一定要浇铸一座铜像，纪念在灾难中舍生忘死的母亲们。

我想，这些母亲已经完成了自己的雕塑。她们的任何姿势都是美好的，永远矗立在我们的心中！

父亲的故事

再过几个月，父亲就满 95 了。他生性开朗，思维敏捷。喜欢种瓜种菜，热爱体育活动，直至今天都以自行车代步。

他对新鲜事物充满好奇，好奇了就要学习，学习了就能应用。现今年轻人会的，他基本都会，比如唱卡拉 OK，比如五笔打字，比如用数码相机到处拍摄他认为有意思的照片。他在网上发帖，聊天，学习养生之道。好多新鲜事儿我不知道的他都知道，而且下载后用 E-mail 发给我。我想，如果考驾照的年龄能放宽到 100 岁，老爸一定会开着自己的小车，从老家跑到台州，悄悄地停在我家楼下，然后快步上楼，给我们一个特大的惊喜。

有父亲在，我永远是女儿，尽管我也儿孙满堂。有父亲在，我就觉得自己还年轻力壮。我常常把“我爸我爸”挂在嘴上，说这几个字儿的时候，幸福感直上我的心头。

父母的婚事

村子里的人都说我父亲“命硬”，我奶奶生他时得了产褥热，挣扎了二十多天后还是撒手人寰。可怜我爸尚未满月，就成了没妈的孩子。我爸一周岁之后，我爷爷给他娶了个后妈。

后妈跟亲妈就是不一样。有一回我爸跟他的后妈睡觉，不知是天冷，还是幼儿的天性。我爸伸手去抱后妈。后妈竟恼羞成怒，狠狠地在我爸的手背抓了一把。第二天，我爸手背上的三道抓痕发炎，小手肿得像馒头似的。爷爷见了心疼不已，从此出门总带着这个儿子。

我爷爷是个病秧子，不知是被人打伤过，还是有肺结核病，他经常咯血，不像是长寿之人。我爸4岁时，爷爷知道自己时日不多，他最担心的是我爸在后妈手下很难长大成人。他想来想去，想出个托孤的主意。

托给谁呢？爷爷摸排比对了一番，认为同村的郑子静先生是最佳人选。首先，他人品极好，不赌不嫖，正直善良；第二，他是位大学毕业生，很有学问；其三，他的女儿阿莲比自己儿子大1岁零2个月，聪明懂事，长得又好。如果能和子静先生攀亲，不是什么都有了？

于是爷爷就带着我爸去子静先生家玩，一到就对那比他儿子高半头的女孩儿说："阿莲，你带阿崇去玩，我和你爸下围棋。"

下了几次围棋，爷爷就提出了托孤和结亲的事。

子静先生一口就回绝了。他说："有他后妈在，'托孤'两字不能说。再说孩子这么小，谁知道他们长大了会怎样？我们怎么能包办他们的婚姻呢？"

爷爷说："我这个后妻不淑，把阿崇交给她，我实在放心不下。"子静先生望着我爷爷病弱的身体，很是同情。他说："这事待以后再说吧。爷爷叹了口气说，只怕我没有多少日子了。"

爷爷不屈不挠，总是带着我爸去子静先生家下棋，总是对他女儿说："阿莲，带阿崇去玩。"

孩子们在一起，孵蛋儿、滚铜钱、跳跳房，又开心又和谐。子静先生的妈看着看着，终于发话了，她说："阿崇这孩子倒不错，可惜没有妈，往后阿莲要在后娘跟前做儿媳妇，可就太难了。”

一天，爷爷拉住阿莲的手，说：“乖囡，做我的儿媳妇吧。”阿莲竟唱起来了：“单个儿，单百田，单座屋，蛎灰道坦白壁墙。”“单”，就是“单一”“单独”的意思。阿莲的歌其实是一个标准，一个订婚的条件。其实阿莲并不懂得歌词的意思，是阿莲的祖母教她唱的。也许是看我父亲不错，也许是爷爷的决心打动了他们家，阿莲的祖母也关心起这桩婚事来。

爷爷一听高兴坏了，忙说：“好，好，一定办，一定照办。我阿崇本来就是独子。田，我已经有八十多亩了，再买一些凑足一百。蛎灰道坦白壁墙的房子么，我马上给你建。”

爷爷撑着病体行动起来。当时爷爷还没有足够的钱。他来到邻居阿碎先生家里，说明建屋要向他借银洋 400 块。阿碎先生同意出借，但有一个条件，就是新屋建成后，要租一半给他的长子器远先生居住，租期为十年。十年后，爷爷家收回房屋，得还他 400 块银元；还不起银元，就让器远先生永远住下去。爷爷答应了。

父亲 5 岁的时候，新房正式开建了。单个儿、单百田、单座屋三个条件基本齐全。选个吉日，大人们给父亲和阿莲订婚。有一个词儿叫作“过屋”，就是新屋的上梁仪式和儿子的订婚仪式同时举行，儿子和新儿媳必须手牵着手，一起从新屋门槛上跨过去。我想，从现在起，我应该称阿莲为母亲了。

父亲说，你妈那天穿着红衣红裙，腰里别着花手巾，漂亮极了。刚刚架起来的堂屋门槛很高，地面又未平，那门槛就显得更高。也许是小男孩儿的虚荣心，父亲不要大人抱，他奋力一跳，双脚却被门槛钩住，跌了个嘴啃泥，把借来的衣服弄得一塌糊涂。他不甘心失败，爬起来再跳，母亲怕他再跌跤，她一把抱起父亲，把他抱过了门槛，看客们都哄堂大笑起来。

上梁啦！梁上站着木工大师父，他的手里提着一大篮的糕饼、馒头。木工师父高唱："抛梁馒头抛过东，代代儿孙做相公；抛梁馒头抛过西，新楼大屋高高起……"接着，大家走到东屋正间。父亲看见阿莲的手巾掉在地上，就捡起来抛给阿莲。阿莲并未发觉是自己的手巾，接了手巾又抛给他，这样抛来抛去，变成抛手巾的游戏了。他们玩得开心了，索性一人一张椅子，站到椅子上去抛。那天这对小人儿是主角，手巾掉落地上有人捡。父亲很得意，又站到桌子上去抛，抛得满头大汗。

从这天起，父亲和母亲就是未婚夫妻了，按当地习惯，父亲改叫我外公外婆为"亲爷亲娘"。从此父亲天天到外公家去玩。开饭的时间到了，也就赖在外公家吃饭。

半年之后，爷爷安详地闭上了眼睛。我妈哭歪歪的，披麻戴孝去送丧。回家后，外公说她哭丧着脸，把好好一个人弄得这么难看。我妈说："公公死了不哭丧着脸，还装笑吗?"

父亲16岁了，就把母亲给娶回了家。从此，他们一块儿读书，一块儿教书，恩恩爱爱，不离不弃。世事沧桑，路途漫漫，他们经过了国土沦陷的生离死别，经过了新中国成立前夕的艰难时刻，他们牵手走着，一直走到母亲85岁离开这个世界。

父亲的信箱

儿时家里好像并没有信箱。农村穷教书匠的父母，本就没有多少人际交往，偶尔有封亲戚或学生的信件，邮递员在大门口一喊，我们便飞快地跑了去，乐颠颠地接了过来交给父亲。

后来，父亲订了几份报刊，于是他就用马粪纸做了个信箱，挂在二门上（我家的大门永远是开着的），一副摇摇欲坠的样子。

我离了乡下的家，踏进了县立中学没几天，给父母写了第一封信。当时还未满12岁的我，对校园那一排竖着的十根竹竿产生了浓烈的兴趣。体育老师对爬竿的规定是：女生三米，男生五米，否则这一项成绩不予通过。

可是我那麻秆似的胳膊不行，无法完成“引体向上”的光荣使命；最要命的是我的脚弓太深，双脚板贴在一起，里面的穹窿还可以藏个小兔子，根本“抱”不住那打滑的竿子。后来我改变了方针，放弃了“抱”，而采取“夹”，我撑开我的大脚趾和二脚趾，就这么让两个脚趾夹着竹竿，在双手的引导下，一路扶摇直上，不但爬到了竹竿顶端，还横跨了固定那些竹竿的顶杠，从最远处的一根竹竿上哧溜哧溜地滑下来。

这件事让我兴奋不已，于是我给爸妈写了生平的第一封信。多少年后，父母的同事、舅舅、姨妈们还老提这封淘气透顶的信，我没有想到那张皱巴巴的、从练习本上扯下来的、错别字肯定不少的纸条，会给大人们带来欢乐的记忆。

直到很多年之后，父亲给自己钉了个木板信箱，堂而皇之地挂在大门口。那一段时间，我写信比较勤快，憋了太多的话要说，让人高兴的事也不少：先生调入新单位，自己发表了作品，大儿子登台演奏二胡，小儿子诗朗诵得了一等奖，都一一向老人家汇报。当然，人活得并不总是轻松，失败还时时伴随着我们。只是我们都成熟了，再也无权把不愉快转嫁给年迈的双亲。终于有一天，我觉得自己光报喜不报忧也挺没意思的，渐渐地，便冷落了父亲的信箱。

有一回，爸妈在我家小住几天，我发现父亲总是心神不宁。我问到底是怎么了？他说：“信箱，家里的信箱要装不下了。”

我问他信箱里到底有什么，他如数家珍：一份浙江日报，一份报刊文摘，一份杂文报，一份《杂文》选刊，还有三份音乐期刊。

是的，父亲的信箱够充实的了，可是我隐隐地觉得，他还在企盼着什么。

老家装上了电话后，我便彻底地搁了写信的笔，有事，一个电话过去，便捷又清楚。说话间，却发现自己老了，早已失去了在双亲面前的那种“女儿呢喃”状态，总不过是例行公事般的“我们都好都好”“你们保重保重”。

前年春节回娘家时，我发现老屋的后门上又增加了个信箱，扁扁的，较精致。我问：“爸，怎么又弄了个?”父亲看了看后窗，说：“邮递员有时爱从这条路上走，我怕他不愿走前门，而把信件在后门乱扔。”

我的心咯噔了一下。

母亲发话了：“你怎么都不写信了?”

我看了看父亲，父亲的脸色恬淡而平静，可不知为什么，我觉得最应该问我这话的当是父亲。于是我说：“有事都打电话了，不一样吗?”

“不一样。”母亲认真地说。

“怎么不一样?”

“电话打过了就没了，什么也没留下来。一封信，可以反反复复地读，十遍、二十遍地读；自己读了亲戚读，朋友们读了邻居们读，还有来看我的学生们……”

我这才意识到自己犯了错误。我的教师父母，他们不图子女们什么，从来都不曾图过什么。如果一定说有所图，那也不过是儿女自身的健康、平安、快乐和事业有成。我们的喜悦就是他们的喜悦，我们的悲伤就是他们的悲伤，因为我们是他们身上掉下来的肉啊。

我当时下定决心，回家后一定得给父亲的信箱里填充点儿内容。可红尘滚滚，杂务繁冗，最容易忽略的常常就是最疼你的人，最可以怠慢的也就是你的生身父母。因为无论你怎么待他们，他们都不会怪罪你，不会记恨你，更不会背地里给你使绊子。

我必须要给父母写封信了。可是我早已用上了电脑，拿笔已变得十分别扭了，总不能从打印机里给他们拉一张哗哗作响的纸片出来吧！再说，习惯了电子邮件来往，到邮局里寄信也变成烦事了。于是心想，父亲有个电子信箱就好了，那我就可以天天给他发 E-mail 了。

可是这对于 82 岁高龄的父亲，显然是不可能的了。

父亲的信箱将一如既往地被我冷落着。

母亲的发卡

母亲的发卡极普通，两毫米宽的钢丝拗过来，正面稍长，有波纹，背面却是平直的，浑身黑色。

母亲剪的齐耳短发，她的发式是八十年一贯制（据说她 5 岁以前是扎辫子的）。三七偏分，“头路”在左边。左边这三分头发，母亲用两枚钢丝发卡把它们拢在左耳后；右边的头发太厚，母亲先把其中的一半梳向脑后，用两枚发夹在头顶处将它们定位，再将余下的头发向右耳梳去，又用 2 枚发卡压住。

所以母亲需要 6 枚发卡。当年这种发卡是 1 分钱 1 枚。还有一种更细没有波纹的，就是 1 分钱 2 枚了。可 1 分钱 2 枚的质量太差，动不动掉漆不算，没用几次，就像臭了的蛏子那样张着嘴，再也合不拢了。

在母亲 30 到 60 岁的那段时间，因为父亲入狱，家里穷得连这样的发卡也用不起了。

现在不少女子，以披散头发作飘逸美，她们常常让秀发遮住半个脸，显得更有情调和神秘。可我母亲那个年代，只有疯子和最懒的婆娘才会做“披头野仙”。所以没有发卡对于母亲是很惶恐的事。8 岁那年，我翻遍了屋子的每一个角落，终于找到了四个空墨水瓶，给母亲换回了四枚发卡。

可是再也没有墨水瓶了，所以母亲常常面临披头散发的威胁，这对于失业在家的父亲，是怎样的尴尬和痛苦。也许是受到我的启发，父亲也开始在废品堆里寻寻觅觅。有一天，他找出了一盘废弃的闹钟发条，开始打它们的主意。

他把发条剪下一截，用锉刀锉锉，用榔头敲敲。这发条的钢性太好了，居然纹丝不动。于是父亲把它放在灶洞里，待它烧红了烧软了些，又拿出来敲敲打打。我不知道父亲是怎么把那截发条给弯过来的，又是怎样磨钝它的锋口，从而让两个口子互相卡住。只记得父亲的手破了一次又一次，鲜血前仆后继地往外流。三天之后，父亲大功告成，拿着那个自制的发卡，他是怎样的欣喜若狂啊。这个“父亲制造”的发卡，母亲使用起来有些费劲，但是她很满足，因为它是父亲做的，大而结实，能“一口”衔住母亲的大半边头发，不离、不弃、不松口。

父亲再接再厉，继续生产他的发卡。至今我回忆埋头苦干的父亲，眼前就晃动着那盘颤颤悠悠的发条。想当年，父亲就像那盘被遗弃的发条，有劲都不知往哪儿使，只落得“肝肠寸断”做发卡的下场。

然而“父亲制造”的发卡很称职，它们伴随着母亲，整整走过了 30 年艰难辛酸的路程。

父亲落实政策后，第一件事就是给母亲买钢丝发卡。也许是为了弥补当年的亏欠，他常常奢侈地一买就是一整板（24 枚）。看着扇面般美丽展开的发卡，两位老人非常开心，非常满足。

去年冬天，母亲带着满头银丝和六枚发卡，风风光光地走了。丧事完毕，父亲把母亲近年置的几件首饰拿出来，让我们各自挑选一件留做纪念。我是老大，我不拿金的银的，也不要玛瑙翡翠，我只拿了母亲留下的半板钢丝发卡。

母亲走了已经一年了。这一年里，我常拿出那些发卡看看，发一会儿怔。有时候我也对着镜子，左边两枚，右边两枚，再在头顶上夹上两枚，我看见镜里的我很像母亲。过完了瘾，我就把发卡一枚枚卸下，整整齐齐地别回那纸板上去。

永远的父亲

自从母亲卧床以来，父亲几乎是寸步不离地陪伴在身边，哪怕父亲上一回厕所，母亲都会张大眼睛，惴惴地问："你爸呢？你爸呢？"

父亲这辈子够惨的，儿时备受后母的虐待，辛酸和折磨这里暂且不说。成年后的父亲憨直刚正，迂而不腐。他不自量力地嫉恶如仇，这让他连带着全家吃尽了苦头。六十岁前，父亲活得坎坎坷坷。然而不管遇到什么，母亲一直是抱着"执子之手，与子偕老"的信念，无怨无悔地挣扎在最底层。我不知道天底下有多少对夫妻能相依相伴走过八十年的，我的父母亲就是。什么"夫妻本是同林鸟，大难到来各自飞"，什么"风流总被，雨打风吹去"，在他们身上全都没有。

父亲不沾烟酒，既勤又俭。里里外外，粗活细活，什么都干。下到农村，父亲将农活从头学起。他什么苦都能吃，很快就干得和地道的农民一样好。农民是以工分衡量劳动量的，扣除半个歧视分，父亲每工都能打到 9 分半。

出门办事，无论多晚，父亲从来不在外面吃饭。他常说，把买一碗面条的钱买菜带回来，一家人都有得吃了。他脾气极好，又爱助人，从来不和邻里发生纠纷。父亲也从来不打骂我们，哪怕我们犯了大错，他也是耐心地给我们说道理，直到我们心服口服。

他极疼爱我们，在牢里他得了严重的钩虫病，一米七五的人，瘦得不到 90 斤，出狱打了虫子之后，亟待补充营养，而当时我家唯一能提供营养的，就是一只母鸡下的蛋。一个煮熟剥壳的鸡蛋，父亲独自是断断咽不下去的，他先让我咬一小口，然后是弟弟，然后是妹妹……剩下的小半个才是他的。

父亲不欺不瞒，不贪不占。困难时期，村里穷得像洗劫过一般，缓过气来那年才允许养鸡，我们家养了四只，可人们不见荤腥久了，都馋得要命，小鸡才拳头大，只要闯进谁家，就被谁抓去填了辘辘饥肠，我们家的四只鸡，就这么一只只陆续失踪。一天，邻居家的一只鸡误入我家卧室，弟弟捉住了它准备磨刀相向。父亲见了，非要弟弟给放回去。弟弟理直气壮地说："我们家的四只鸡都让别家吃了，我们为什么就不能吃别家一只?"父亲说这不是一回事，并让我一起说服弟弟，而我在一旁装聋作哑。父亲破天荒地发怒了，他气得捶胸顿足，硬是夺了鸡给放了回去。

父亲好学，知识面很广，活到老学到老，他是真正做到的。最温馨的一幕，当是母亲盘腿而坐，怀里奶着四弟，那时刚推广普通话，父亲自做卡片，整天 b－a－ba，m－a－ma 地教母亲学拼音字母。我们就在一旁咿咿呀呀地学舌，所以至今，我们的拼音基础比同龄人好得多。父亲爱弹琴，我们在一旁唱歌，记了一肚子的歌词让我终生受用不尽。寒冬腊月，西北风直往我们的脖子里灌，缩肩拱背在所难免。父亲说："挺直挺直，挺起胸来就不那么冷了。"他带着我们跑步，直跑得身上热乎乎的。所以到今天我们的脊梁都直挺不弯。父亲那时候允许我们跳绳、打球、踢毽子，甚至爬树，就是反对我们打扑克，他说那东西太费时，而且对身体没好处。正是因为父亲的干涉，我们才有较多的时间去读各种各样的好书。因为父亲的生活极有规律，所以他历尽磨难还有个健康的体魄。

有两件事足以证明父亲的憨。三年困难时期，爸爸外出买粮，在小火轮里，一个人可怜巴巴地对他说，他是到温州给老婆治病的，可他的钱包叫贼给偷了，现在连买船票的钱都没了。爸就把钱都掏给了他，那人千恩万谢，要了我家地址，说到家后马上寄钱还我们。结果，那笔钱是肉包子打狗了，害得全家好一阵只吃糠菜而见不到大米。还有一次我家养了些母兔，母兔生了许多的小兔。那天母兔在后院晒太阳觅食，突然从外面闯进一只猎犬，把母兔全给咬死了。邻居们很生气，对那随后赶到的猎人说："你打猎打到人家院子里来了，你赔人家兔子！"那人尴尬地说没带钱，邻人便拿了他的猎枪做押。猎人说："你拿了我的枪，我今天还怎么打猎？"爸说："是啊，把枪还他吧。"邻人对我爸说："那你的兔子都白死了。"爸说："不会的，我相信他会赔的。"结果从那之后再也没见猎人的影子。弟弟在剥那些死兔皮时，边剥边哭，刀子到处，整个胸部到腹部都是细细白白、弯弯曲曲的乳汁溪流。那些失去奶水的小兔，先后都饿死了。也就是说，我们盼望已久的笔、墨、作业本，甚至短裤，全都化为泡影了。母亲曾对我们说："你爸活了一辈子，也被人骗了一辈子。"父亲说："我宁愿受骗，也不能眼看需要帮助的人得不到帮助。"他又对妈说："你从来不骗我，这对我就足够了。"

母亲从卧病到亡故，刚好两个月。这两个月，父亲基本上是衣不解带。虽然有儿女们在旁，可母亲还是固执地喊父亲，所以我们最多只担当个"副陪"的角色。最累人的是起夜，母亲极爱面子，怕脏了床铺，每隔半个小时就要起来一次，可是她已经衰弱得一塌糊涂了，把她弄起来往往要费九牛二虎之力。我才"副陪"了三四夜，就血压升高头昏脑涨，浑身的骨头架子都要散了，弟弟妹妹们也比我好不了多少，可父亲依然精神如故，所以我们都称他为"钢铁父亲"。

母亲走了，世界空了一半。风琴和电子琴被布蒙了，乒乓桌被竖了。睹物思人，父亲常常发呆。吃饭时，他把一只蟹螯剥得完美无缺，却不往嘴里送，多少年来，他都是这么为母亲服务的。早晚锻炼身体时，四顾没了伴儿，也就快快地没劲儿了。"梧桐半死清霜后，头白鸳鸯失伴飞。"为了把他带出阴影，我说："爸，上我家去吧。"他说："到你家我人生地不熟的，去了无人可交流。"我说："你到我家学电脑，去网上遨游吧。"爸想了想，说："遨游倒不想，学打字吧。"于是他跟我来到台州。

我当时只是想让他转移一下注意力而已，并没指望他真的能学会打字。"一地在要工，上是中国同。"爸爸很认真地背了五天字根表，又学了两天拆字，就上机了。到底是84岁的高龄老人，手指不如年轻人敏锐，按A键，按出一排的"工"，按L键，又按出一行的"国"，可第二天这种现象就消失了。他开始打歌词，从儿时的歌词打起，然后是抗日战争的，解放战争的，抗美援朝的……一直到现在的。他在我家住了二十多天，已经掌握了五笔字型，他买了台电脑，就打道回府了。

我怕他独居寂寞，常常打电话劝他不要老待在家里，要多出门走走。他说，哪有工夫出门呀，我在打自己的文章呢。他把自己的故事一篇篇贴到"红袖添香"上，网名叫寿比南山，居然吸引了许多粉丝，一个个争先恐后地给他写评论。父亲越写越起劲，大半年下来，居然写了18万字。在网友的呼吁下，我帮他出了本书，书名叫《苦乐一生》。父亲的一生，也就是母亲的一生。母亲虽然走了，但是她活在父亲的自传里。

老爸今年八十八

老爸今年88了，他长相清癯，神态清爽，走起路来比我还快。

母亲亡故之后，弟弟妹妹们劝他到自己家去住，或劝他过去吃饭。没几天，他就不干了。说吃一顿饭，等来等去太浪费时间。弟弟妹妹们说他一人在家生活不好料理。他说："不就是买菜、做饭、洗衣服、打扫卫生吗？有什么难的？"于是就独守老屋，真的把家料理得井井有条。弟弟妹妹们都孝顺，有好东西就给他送过去，每星期带他到饭店打一次牙祭，日子倒也安然泰然。

端午节前，我想写点儿有关龙舟的文章，我给老爸发 E-mail，让他找几张龙舟的照片。老爸马上忙开了，他先是买了台数码相机，然后就跟着龙舟到处跑。我们家乡人对龙舟的狂热，外地人很难想象。那几天，河里划龙舟敲锣打鼓，鏖战激烈；岸上观看人头攒动，摩肩接踵，被挤下河去是常有的事。父亲竟在这样的条件下抢镜头，当晚就给我发了百十来张照片。我为他的安全担忧，发信道：“爸，你要是被挤下河去怎么得了?”他回信道：“才不怕呢，掉下河去我会游上来!”

暑假里，我的两位妹妹和一位妹夫，带着老爸飞北京旅游。第二天他们去登八达岭长城。那天天很热，走了一阵子，人人都汗流浃背了。只见前面一男一女，架着他们的老爷子蹒跚前进。老人气喘吁吁的，看来体力不支。他的一对儿女鼓励说：“不到长城非好汉，老爹你要做一回好汉!”

我爸轻松地从他们身边超了过去。那对儿女追着我爸问：“老大爷，你高龄多少?”我爸回答道：“88。”对方不信，父亲亮出了身份证，对方看了，一边惊叹，一边对自己的父亲说：“老爹你才 77 呢，怎么能输给这位 88 的老大爷啊。”

回家是坐火车的。车票比较紧张，他们买的四张票全是上铺。对于一位 88 岁的老人，上上下下的当然不便。小妹就求下铺的一位小伙子说：“我老爸 88 岁了，求你换一下铺位行吧?”小伙子看看我父亲，说：“如果老人家真有 88 岁，我就把铺位换给他。”老爸拿出身份证，年轻人看了，二话没说就换上铺去了，并坚决不要补的钱。

可是那时我二妹正肚子疼，疼得一点儿力气都没了。父亲就让她躺在下铺，他老人家很轻松地攀到上铺去了。二妹哼哼着对坐在她身边的小妹说：“瞧我这不争气的样子，那小伙子还以为我是诳他的呢。”

今年十一月二日，老屋那又窄又陡的水泥楼梯上的顶灯坏了，老爸借了张电工梯，亲自上去检修。电工梯有四只脚，两只放在楼梯头，另两只就悬空了。父亲拿了条长长的板凳，垫在水泥梯级上，这样，电工梯的四只脚基本持平。父亲踩着梯子上去，拧下了灯泡，下了梯子，到别的插口试试，灯泡没问题。他又拿了支试电笔，第二次登上了电工梯，去检查上面的插口，不知怎么，只听得一阵噼里啪啦的，老爸连人带电工梯从水泥楼梯上滚了下来……

起来以后，他感觉浑身麻乎乎的，下巴却火辣辣地疼。看看手，几处在滴血，照照镜子，下巴也开了花。他找来创可贴，把自己的伤口一一修补起来。可是他浑身还是不得劲儿，于是就出了门——他不给子女们打电话，也不叫车，而是徒步向三里外的一家私人诊所走去。路上遇见他的亲家公，见了他的模样，大惊失色问怎么了？老爸就把摔倒的经过说了一遍。亲家公指着我老爸的裤腿说，怎么都湿了？老爸提了提裤腿，才发现腿脊上有一条三寸长的口子，血流如注，皮鞋已成了一只载血的小船了。他赶紧走进诊所，赤脚医生给他清理了伤口，又在他的腿脊上缝了5针。

我们听到这个消息，心一下子悬了起来。因为前些日子，跟老爸同年同村一同长大一同老去的大舅跨过一条门槛时，把小腿摔成了粉碎性骨折。老爸这一跤，老骨头肯定要断几根了。小妹夫立马开了车子，把老爸接到正经医院，医生让我老爸住院，给他浑身上下拍了片。第二天结果出来了，让人奇怪的是，老爸身体里的206块骨头均完好无损。他骄傲地说：“我的骨头是特殊材料做的！如果是你大舅，早就粉身碎骨了！”

他老人家急着要出院，医生说，你身上那么重的伤口，挂几天抗生素消消炎吧。于是每天上午都给他挂大瓶，小妹就每天过来陪他。来探视老爸的亲戚朋友络绎不绝，他们知道我小妹是中学的英语老师，就问："你这几天没课吗?"小妹说："学校期中考，7 点钟开始考，8 点半就结束了，这几天就比较有空。"老爸快乐地说："你看我摔跤的时间挑得多好啊!"

一个星期后，老爸出院了，并去十里外的一位学生家参加活动。我打电话埋怨他不接受教训，伤没痊愈就到处乱跑。他说："动动好，如果我不是这么'好动'，哪来这么坚韧的骨头!"

今年，父亲已经 89 了，他又开始新一轮的学习，他把一些失传的老歌，比如《流亡三部曲》，我们都熟悉第一部《松花江上》，可第二部《离家》和第三部《上前线》就鲜为人知了。可老爸能背出来，能默写到纸上。光写在纸上还不行啊，于是他买了个音乐软件，然后天天趴在那里学习简谱、五线谱的输入方法，再把歌词也弄上去，和大家共享。

我说："老爸，你这样勤奋，我们真不敢怠惰啊!"

第三辑

城乡聊斋

台州打工

那天是三八节，全国妇女快乐的节日。也许是狭义的理解，我不喜欢“妇女”这个词儿，虽然我将来免不了成为“妇女”，但至少现在不是。我是在校生，还不满十七岁。我坚守着“少女”这块阵地，不想过早地变成妇女。

我们班的男生却在三八节这天大发宏论：妇女节，妇女节，怎么就没有男生节？这太不公平！又说，做女生真好，上有父母罩着，在校有老师宠着，到了社会又有领导护着，哪像我们，累啊！

那个三八节的晚上，同学们有的唱歌，有的跳舞，有的结伴去街上玩，可是我一点情绪都没有。马上要毕业实习了，而接纳我们实习的医院要每人拿3000元钱的实习费。我们这里穷，穷得医院都要在实习生身上雁过拔毛。这3000元，对于境况好的家庭或许不是太难，可对于我的家，唉……

我的家乡在黄河故道，我们村离城市相当远。我的父母大字不识一个，只知道脸朝黄土背朝天地干活。为了让往后的日子鲜亮些，我们兄妹三人都拼命读书。我哥去年考上了东北的一所大学，比我小一岁的妹妹正在读普通高中一年级，而我只想早点减轻父母的负担，才选择了护士专业。在心底，我是非常想成为一名医生的。

我爸在家乡承包了15亩果园，种的是杏子、桃子，还有梨和苹果。每年刚过春分，杏花好似报春的天使，将片片粉红呈现在人们面前。接着，桃花开了，开得热热闹闹，云蒸霞蔚。再接着，梨花开了，给我们展示一个白雪皑皑的世界。苹果花较为沉着，它含苞待放时，那花蕾火红火红的，盛开时，那花瓣就变成粉白粉白的了。

我家的水果都是土生土长的，个儿小，样子也不漂亮，父母没有财力去改良或者引进什么新品种，因此收益并不好。风调雨顺的年头，那15亩果园的水果可以卖5000元，刨去化肥、农药和灌溉的费用，能落下4000元就谢天谢地了，一家人一年四季的花销，我和妹妹的学费杂费都在这里边了。

哥哥的学费是一位远房大伯资助的。大伯是一名退休干部，为了扶持我哥，他到一家企业发挥余热去了。我们一家都非常感激这位大伯。大伯最喜欢我，他夸我品貌端正，做事勤快。卫生学校离大伯家不远，星期天，我就去大伯家，帮助病病歪歪的大娘打扫卫生，洗衣做饭，顺便也给自己清汤寡水的肚子填点油水。

娘给我们姐妹俩每人每月60元的生活费，再多也给不起了，这一点我和妹妹心里明镜似的。我们把自己每顿的伙食定为0.5元，那就是一勺连菜皮子都没有的玉米糊糊，余下的就是车费、本子、墨水、肥皂，还有女孩子必不可少的东西。我想再过一年多我就毕业赚钱了，妹妹以后上大学就由我来供给。哪知道，毕业实习还得拿3000元。

去年夏天，我家的果园挂果累累的时候，遭遇了一场特大的雹灾，那是个星期天的中午，狂风乍起，乌云倒海，鸡蛋大的雹粒“噼噼啪啪”地往下砸，也就二十分钟吧，院子里已堆积起厚厚的一层雹子。我跟着爸妈疯了似的往果园里跑，只见果树被砸得东倒西歪，满地的青果。我们收拾着那些伤痕累累的青涩果子，欲哭无泪。

我们家砸锅卖铁也拿不出那要命的3000元了，可是不实习就不能毕业。我只能硬着头皮去医院求情，我说先让我实习，等分配工作后我拿工资还上。那位满脸雀斑的医院办公室主任面无表情地说："章玲玲同学，我不能为你一人破坏医院规定。"我问："你能帮我想想办法吗?"她看了看我，似乎动了恻隐之心，说："如果你现在就去打工赚钱，就不必参加实习了。什么时候交齐3000元，什么时候给你写实习鉴定书，你放心，肯定写得好好的。"

我感到绝望，非常绝望。星期天回家，我跟爸说起3000元实习费的事。看着爸一脸的窝囊，我赌气说："明天我就出门打工去。"爸瓮声瓮气地说："小女孩家家的一人在外，我和你妈怎能放心得下心?"

傍晚，爸带我去了村东头的大山叔家。大山叔在浙江台州打工三年了，听说每月都有上千块的收入，这回他是带钱回家造房子的。在我们家乡，三万元就可以造三间楼房了，乡亲们都羡慕得要命。那晚，爸和大山叔聊了好久，临起身时大山叔对我们说："只要不怕苦不怕累，三年后你们也能回家造房子。"

汽车嗡嗡嘤嘤，像一只巨大的、不知疲惫的苍蝇，车厢里散发着难闻的气味。车厢的一角，蜷缩着我和我老爸。我老爸其实只有41岁，在城里，这个年纪正是风华正茂、风流倜傥呢，可是我老爸却满脸沧桑，两鬓霜花了。

老爸和我一样，都是第一次出远门。他到底还是不放心让不满17岁的女儿独自出远门，再说他自己也希望到那个遍地黄金的城市去捡点小钱。

我晕车，晕得不可理喻。上车不到十分钟我就开始恶心，我拼命地按住胸口，想把涌上来的东西按回去。可是我的胃并不由我指挥，一会儿，我就吐了。我翻江倒海地吐，吐累了，我靠在座背上一动也不想动。

这次行程途经河南、安徽、江苏，进浙北到浙南，要走22个小时。我们是上午7点在县城上的车。汽车避开了高速公路，在坑坑洼洼的老路上磕磕绊绊，走走停停，只要路边有背着铺盖卷儿的人蹒跚着，司机必定要停车招呼，把他们一个个捎上。

出门前我在地图上寻找大山叔说的台州，这个城市躲在宁波和温州之间，紧靠着东海，一点也不起眼，怎么说富就富了呢？真是不可思议。

车到南京旁的小站时，天已经黑定了。司机吆喝我们下车吃饭。坐了一天的车，我们的身体都僵硬了，于是下来活动身子。谁都知道路上的饭菜贵死人，打工仔是舍不得吃这饭的，司机的脸上就挂了霜。父亲掏出家里带来的冷馒头啃着，啃完了把嘴凑着自来水龙头，“咕咚咕咚”地喝了一气。可是我一点胃口也没有，再说吃了反正要吐掉，还不如节约一点粮食呢。

车到浙江境内，已经是第二天凌晨了。我趴在窗口往外望，夜黑得深不可测，根本看不出景物，有白晃晃的东西一闪而过，弄不清是湖水还是塑料大棚。远处，点点灯火闪烁，给人增添了陌生和莫测。广告牌倒是很多，一个个咄咄逼人地压将过来。我让自己安静下来，等着我们的还不知是什么呢？

也不知过了多少时间，我被车厢里的骚动弄醒了，一看表，已经清晨五点，车子终于进了台州站。我和老爸背起铺盖卷儿，一路打听着，向大山叔说的劳务市场走去。

劳务市场里熙熙攘攘，一块块的黑板上，写满了招工的工种、要求和工资待遇。也有人不写黑板，他们一见我这样的女生就挨过来，说要招陪酒小姐，每月底薪一万，奖金可高达两三万。这样的天价工资着实吓了我一大跳，但是我知道天上不会掉这么大的馅饼，凡是太诱人的馅饼往往就是天大的陷阱，于是我断然拒绝。另外一拨拨凑上来的是发廊、洗浴中心的招工代表，开的工资也不低。暧昧场所我也不去，赚钱要赚干净钱，赚昧着良心的钱，打死我也不干。被我拒绝的人一脸的不屑，说都什么年代了，还守旧得跟老太婆似的，穷一辈子去吧。我警惕着，紧紧地抓住父亲的手，须臾也不松开。

一直等到晌午，劳务市场人去楼空，我们才惶惶起来。就在这时，一个介绍人招手让我老爸过去，她指了指身旁一个穿迷彩服的男人说："他要招印染工人，年龄不限，日工资30元，包住不包吃。"老爸拉着我，问："我们爷俩一块儿去行不?"迷彩服说："小姑娘少气薄力的，干不了那活。"我倔强地说："我干得了。"他说："那就试试吧。"于是我们付了介绍费，跟着迷彩服走了。

公交车载着我们向郊区驶去。路越走越小，越走越窄，过了一条水泥桥，我闻到一股刺鼻的化工染料味儿，接着出现了一堵高高的围墙，墙脚的河沟里，汩汩流淌着色泽晦暗的染料废液。不知哪里传出狼狗凶狠的吠声，令人发怵。

迷彩服把我们带进一个长棚里，我看到一个个热气腾腾的大锅在翻腾着，里面正煮着色泽不同的毛线。棚里蒸汽弥漫，云里雾里，地上的各色残液，如小溪般横冲直撞。迷彩服说："干活吧，把染好的毛线从锅里捞出，洗去浮色，挂进那边的大锅里定型。"

没有手套，没有雨靴。我们打着赤脚，站到一口大锅前。锅很深，水很烫，地上又很滑，我伸手去抓毛线，烫得我龇牙咧嘴的，心想：如果一个倒栽葱扎进去，不死也得脱层皮。老爸拿起锅台上的水管，想把水温冲凉些。迷雾中突然响起迷彩服的吼声："冲什么冲，自来水不是钱买的?"

我和老爸面面相觑，心想，有钱人咋这么小气?不冲水，手咋伸得下去?这时候，一个工友悄悄地走了过来，问我们是哪里人？一说，竟是同乡。说起家乡的雹灾，说起打工的艰辛，爸和他的眼睛都湿了，我一下子领会了什么叫“老乡见老乡，两眼泪汪汪”。老乡告诉我们，迷彩服是老板的小舅子兼监工，特别凶。又说这么烫的锅，不冲水还不烫烂了手？不过你们要多长个心眼，冲水要背着他点。

我们趁监工不备，偷偷地往锅里对了点凉水，饶是这样，一锅毛线捞完，我的手指还是被烫得像红萝卜似的。当晚挤在那鸽笼般的屋里，双手火辣辣地疼，翻来覆去睡不着。我想这双手若是再下锅就成熟凤爪了，明天我只能去洗毛线了。

老爸的皮肉要磁实些，第二天他还能继续捞毛线。下午三点多，他正拉着皮管往锅里冲凉水，被监工逮了个正着，他恶狠狠地骂着，骂得非常难听。我从来没见老爸被人这么骂过，心里很是难过。老爸的脸涨得通红，说：“老哥，不冲水伸不下手去啊，不信你试试？”监工立起了三角眼吼道：“爱干就干，不想干就滚蛋！”老爸也生气了，说：“滚就滚，给我们结算两天的工资。”那监工皮笑肉不笑地说：“我不向你要违约金就算客气了，快滚！要不我放狼狗了。”

我们拿了行李卷儿，快快地离开了那鬼印染厂。老爸说：“这哪是厂子，简直就是地狱！”我们边走边打听公交车站。车站里有几个等车的人，他们见了我们就问：“是叫印染厂炒鱿鱼的吧？”我们答“是”。一个胡子拉碴的本地汉子说，到那个黑厂打工，没有能熬得过五天的，所以他们三天两头招工，三天两头炒人，老板就是这样剥削你们外地人的劳动力的。

回到台州城里，正值华灯初上。城区的街道很宽，也很干净，车水马龙的十分繁华，闪闪烁烁的霓虹灯令人眼花缭乱。我们踯躅在街头，不知何去何从。转着转着，发现路边有一个极大的电视屏幕，我们就向着那个大屏幕走去，心不在焉地看了会儿节目。

今晚宿哪儿?

我发现屏幕的右边有一条长廊，歇着十多个像我们一样的外来打工者。那晚，我们占据了一张长椅，我和我爸轮流睡觉。天还挺冷，虽然盖着被子，风却从椅子下面“嗖嗖”地蹿上来，我年纪轻轻的，还冷得腰疼，老爸一定更不行了。

第二天一早，我们又来到劳务市场。我发现一家熟食加工场的招工启示：男女不限，月薪 600 元，包吃包住。我们想，这工作还行，不算重，又有饭吃。前两天在印染厂，光吃饭一人一天就吃去了十多元。更让我满意的是，熟食加工不但没有毒害，还可以天天闻到烧肉的香味。到了加工厂才知道烧制熟食是厨师的事，工头扔给我们两把锈迹斑斑的剪刀，让我们把鸡肠、鸭肠、兔子肠剖开洗净，再把它们一束束地捆扎起来。我第一次听到这个食品名字：小肠卷。

这工作的确不重，还有矮凳可以坐，就是恶臭难当。鸡肠一旦剪开，消化得如同柏油状的鸡屎就淌了出来，满手狼藉。更恶心的是，肠子里还常常冒出蛔虫和钩虫来，它们还活着，舞蹈般地蠕动着。我想起钩虫是从皮肤侵入人体的，就浑身起鸡皮疙瘩，心想一不小心让它钻了空子，麻烦就大了。

这么多的臭肠子，既不加什么食品洗涤剂，又不放任何除臭香料，过两遍水，工头就叫打住。他说洗的次数多了，肠子洗薄了就没份量了。

吃饭时，我们拿肥皂洗了手，可那恶臭浸淫到皮肉里去了，怎么也洗不掉。饭是糙米饭，在上面浇上点咸菜汤。老爸这辈子吃惯了馒头，端起饭碗就皱眉。我看见饭粒，就想起蛔虫、钩虫在眼前蠕动。我想，我不能娇气，再臭再恶心也得忍住，过两天适应了就好了。可是一连几天，我不但没有适应，还愈演愈烈，端起饭碗就吐，手也痒痒得不行，我想是不是让钩虫钻进去了，那可就得不偿失了啊。于是我告诉我爸，这份工作危险性太大，我们还是另谋生路吧。

我们没拿到一分钱，就离开了熟食加工场。我们在劳务市场里等了三天，徘徊的脚步把地面都磨光了，还是没找到合适的工作。随身带的那点钱也快花光了，我们已经后悔这次出门了，什么遍地黄金，什么干三年可以回家造三间楼房，都是瞎话！

一天上午，一位姓余的小老板来招工，说是铸造厂的，要招几名清砂工。我们问清砂工具体干什么？俊逸秀气的余老板彬彬有理地说："就是把铸件孔里的砂子捅干净，当然，还得拿凿子把铸件的飞边凿掉。"我们问工资标准，他说是计件的，干得好的每月能挣一千多。这时，我们已山穷水尽别无选择，每月一千多的工资也非常有诱惑力。于是就坐上了余老板的轿车，来到城乡结合部的一间铸造厂。

我们看见满车间的砂子上，堆着一些刚刚铸造好的庞然大物，人们称它们为"机头"。机头和文质彬彬的余老板恰恰相反，一个个面目狰狞，像被吃空了的大兽骷髅。余老板发给我们几枚凿子，一个铁榔头，还有大小不等的铁刷子。我们学着熟练工的样子，对着机头上的毛边敲打了起来。爸悄悄地问身旁的一位大娘："你们一月能拿多少工资？"大娘掐指算了算，说："上月她拿了1080元。"我们觉得有了奔头，就卖力地干了起来。钢凿子浑身是钢，铁榔头直接击打在钢凿子上，扁扁的凿口对着硬度极高的白口铁飞边，老打滑。我小心翼翼地凿着，飞边才弄掉一点点，榔头却几次砸在手上，我不放弃，也舍不得放弃。有一块飞边特别难弄，凿了几次都滑过去了，我急了，狠狠一锤，凿子一歪，铁榔头砸在左手上，虎口裂了，流出酽酽的血，疼得我眼泪都出来了。

就这样干了三天，别人一天能清理十多个机头，我却清不了四个，但是我咬牙坚持着，心想熟能生巧。第四天早晨，我正往伤口上缠着破布，余老板过来说："你还是个学生吧，干这个是不是不太好?”我强忍住泪水，心想：不干这个，能干什么? 余老板想了想说：“我爸妈年纪大了，又特忙，你给两位老人当保姆去吧。”

其实我也想过当保姆。一方面，我担心自己烧不来他们海边人的鱼虾蟹螺；另一方面姑娘家身单影只地进入陌生人家，如果这家里有色狼，我岂不是羊落虎口? 再者这世上最难伺候的就是人，做保姆整天看人脸色不说，老人病了痛了，也够我受的。

余老板似乎看出我的心思，说：“我父母家的活儿不累，两个老人也都好说话，你去了就知道。”

我跟老爸讨主意。老爸说：“你跟着我风餐露宿的也不是办法，这些活都太脏太累，连我都想打退堂鼓了。你就去试试吧，不行再回来，想来也不至于吃了你。”于是，我跟着余老板到他父母家去了。

这是一个漂亮的住宅区，楼宇整齐，花木葱茏，进进出出的都是小轿车，听说住的都是干部。在车上，余老板告诉我，他父母都刚刚退休，身体还不错。我想，身体不错干吗要请保姆?

余老板拿钥匙开了门，喊道：“妈，我给你找了位小保姆!”女主人闻声从里屋迎了出来，她花白的头发，慈蔼的面容，很像我们卫校的老校长。我有了几分亲切感，就叫了声阿姨。阿姨看了看我，笑容可掬地问：“小姑娘多大了? 哪儿人?”我一一回答。她又问我叫什么名字，我答：“章玲玲。”我的第一感觉是，女主人不难相处，只是没见到男主人。就问：“叔叔呢?”阿姨说：“上班去了。”我问：“不是退休了，还工作?”阿姨说：“朋友请他帮忙去了。”

阿姨带我各个房间看了看，说：“其实我们家并不一定要请保姆，你来了，我们也欢迎。以后每个上午你搞搞卫生，中饭后收拾完了，你可以睡个午觉，也可以看看书。”她带我看她的书架，天哪，四面全是书架，她的书比我们学校图书馆的书还要多。

阿姨说完就坐到电脑前面去了，我开始打扫卫生。我想，这女主人有点怪，一开口就让我看书、睡午觉，也不知是真是假。他们家并不脏，我一会儿就弄完了。该做饭了，我看见阿姨在飞快地敲击着键盘，悄悄地站在她背后看了一下，打的是一篇文化类的文章。我佩服极了，一个退休老人，居然思维如此敏捷，还把电脑玩得滚瓜烂熟。看着看着，我觉得很惭愧，因为买不起电脑，年轻的我至今还不会用这玩意儿呢。

看看墙上的挂钟，再等下去就要耽误做饭了。我只好问她："阿姨，中午饭怎么做?"阿姨"哦"了一声站起来，笑着说："看我，都忘了时间了。"她来到厨房，指点了米在何处，电饭煲怎么使用。说完，她又回到书房去了。

用电饭煲做饭是最简单的，只要掌握好米和水的比例就行了。待到做菜时，我遇到了难题，对着那些张牙舞爪的螃蟹、棘螺，我就是狗咬刺猬无处下手了。

阿姨亲自来掌厨。她一边挥刀弄铲，一边跟我讲解每道菜的烧法和注意事项。我默默地看着、记着，心想，我一定要一次学会，不能让阿姨再教第二次。

楼下响起摩托车的马达声，叔叔下班了。他胖胖的，头发漆黑，看起来比阿姨要年轻。阿姨介绍我说："这是新来的小保姆。"我招呼说："叔叔辛苦，还在发挥余热呀?"叔叔说："什么余热? 我炉火正旺呢，偏要我退休，这不，东方不亮西方亮，人家请我去主管技术工作，我还要干他个十年二十年呢!"

我想：这台州人真是勤奋，他们有退休工资，又不用为住房什么的发愁，老了老了还这么奔波劳累；在我们家乡，只要能吃饱穿暖，剩下的就是晒晒太阳打打扑克了。

饭菜摆上了桌，三菜一汤。叔叔夹了一块豆腐，嚷道："咸死人!"我想：不好，这三道菜有两道是阿姨掌勺的，就这豆腐是我烧的。我们家乡口味重，难得吃一回豆腐，不烧咸点两筷子就没了。我忘了这是在台州，忘了老年人饮食要清淡，亏我还是卫生学校的学生，第一次“实习”就犯错了。我的脸一下子就烧了起来，阿姨赶紧解围说：“这豆腐咸了吗？看我真老糊涂了，又把盐给当成味精了。”

一股暖流悄悄地涌上心头。出门这么多天，我受到了太多的冷眼和欺凌。阿姨竟然会替一个保姆承担责任，我想，我哪儿也不去了，就在这儿干下去。

两天后的下午，我正在看一本小说，余老板来了，还带来了他四岁的儿子源源。源源是个圆头圆脑的孩子，乌溜溜的大眼睛忽闪忽闪的，很是可爱。他不认生，一见我就缠着我讲故事，我讲了个乌鸦喝水。他笑着说：“这乌鸦真笨，叼石子又麻烦又不卫生，为什么不插根吸管吸水呢？”

我一下子就喜欢上了他。我在家里很寂寞，叔叔天天上班，阿姨整天守着电脑，我除了看书，连个说话的人也没有。有源源在就热闹多了。于是，我又给他讲童话故事，他也跟着篡改故事，改得非常有趣，我想，这孩子是个作家的料。他爸来接他时，他竟赖上我不走了。

日子消消停停地过，老爸也来过两回，对我在这个家里很放心。半个月之后，老爸又来了，说他要回家。我急了，说：“你怎么能丢下我不管呢？”老爸说：“那活儿太累了，再说我没有馒头也受不了。”我说：“早餐不是有馒头吗？”老爸说：“这里的馒头水水的，一点点大，我吃十个也不饱，打工的钱还不够吃馒头的。”我知道老爸去意已诀，泪水漫出眼眶，很快就湿了双颊。

我有点恨老爸。凭什么别人都能在这里站住脚跟，就老爸不行？为什么别人都能学会吃米饭，老爸却非馒头不行？怪不得大山叔三年打工能造三间楼房。老爸是永远也指望不上了，我得发奋，我什么都得靠自己。

我努力地干活，尽力与余家融为一体。阿姨闲暇时，还教我使用电脑。其实这东西不难，我没几天就学得差不多了。阿姨的心思都在她的文章上，对自己的身体一点也不在意，我提醒她吃药，注意吃药的禁忌，烧菜时注意营养搭配。有一次，阿姨得了眼疾，医嘱不能看荧屏。阿姨让我打开电脑，把邮箱里的信件读给她听，然后她口述，让我给她的朋友回信。从那以后，阿姨越发喜欢我，说我可以给她当秘书了。

晚饭后，阿姨常邀我一起散步。日复一日，我们走遍了台州的大街小巷，这个城市在我眼中一天天清晰且温馨起来。

四个月后，我攒够了实习费用。这时候，我听到了一个坏消息：中专毕业生根本分配不了工作！我郁闷坏了，一连几天吃不香睡不着。五天后我做了个连自己都觉得大胆的决定：考大学！大学毕业后找工作就容易多了。再说我有幸碰上个好人家，有这么多的闲暇，干吗不好好利用呢？

我连借带买的弄齐了高中课本。我白天干完活儿就读书，每晚学习到午夜。阿姨家比我自己家宽容，他们从来不心疼电费，叔叔阿姨还夸我爱学习有志气。阿姨出门活动时，电脑就空了，我便到网上搜寻资料，获取信息。在台州打工改变了我的观念：世界是很大的，好人也很多。最重要的一点是：我不必坐等着别人给学费，只要我能考上大学，我就自力更生，自己供自己读书！

有一天，余老板送来条黄鱼，阿姨急着出门，吩咐我中午把鱼煎了。我已经做过几回鱼了，所以胸有成竹地接受了任务。我把鱼去鳞剖肚洗净，备好调料，油热之后，把鱼滑入锅中，“滋滋啦啦”地两面煎黄了，再放入姜葱老酒等。阿姨说过“千滚豆腐百滚鱼”，我加了一勺水让鱼“滚”着，然后就去做高考模拟试题了。有一道难题，我做了几次都没做对，正在苦思冥想间，闻到一股强烈的焦煳味，我立即冲进厨房，只见烟雾弥漫，揭锅一看，天啊！那条鱼已被我烧成焦碳了。叔叔下班，看见那条倒霉的鱼大发雷霆，他吼道：“这是野生黄鱼你知道吗？”我说我赔我赔。叔叔说：“你一个月的工资都不够赔！”我明知自己错了，但觉得叔叔太夸张了，一个月的工资不够一条鱼，该不会是借机克扣工钱吧？我委屈得直掉泪，心想总归是寄人篱下，只能忍气吞声。阿姨回家了，看了看锅，说：“真烧煳了，可惜可惜。”她拍拍我的肩说：“行了，别哭了，以后小心点就好了。”

从那以后，我看到叔叔就怏怏的，心疼这个月工钱没了。那一晚，阿姨约我散步，她跟我说她少年时的艰辛，还爆料说她也当过保姆。这让我和她一下子没了距离。阿姨还教我怎么小心做事，怎样适应生活，怎么在每一个岗位站稳脚跟，这让我有了“听君一席话，胜读十年书”的顿悟。

我最喜欢吃鲫鱼，有一次吃鲫鱼时，被硬刺卡住了喉咙。阿姨让我喝醋，又要我大口大口地吃韭菜，可是骨鲠在喉，我哪里还敢噎啊。叔叔说：“不行，得送医院。”他扔掉饭碗，拖着我就下楼，用摩托车驮着我去了小区诊所，诊所里医生下班了，一个小护士拿了把摄子弄了半天，弄得我血都出来了，那刺就是弄不出来。叔叔急了，说：“你怎么搞的，不会弄就别折磨人。”护士说：“你怎么说话呢？”叔叔说：“我问你怎么干活呢？”两人差点吵起来。叔叔拉着我扭头就走，说上正经医院去。他又用摩托车驮着我上路，正是三伏天气，骄阳似火，叔叔跑得大汗淋漓。到了医院，他排队挂号，上楼下楼，跑得气喘吁吁的。我忽然想，叔叔其实很可爱，只不过脾气没有阿姨那么好罢了。

那个月，余家并没有扣我一分钱。

我觉得我太幸运了，能在这个家里当保姆。有时候觉得叔叔阿姨比自己的父母还要好，比如他们总是鼓励我多吃菜，鼓励我更全面地学会用计算机。源源的妈妈忙时，就把源源交给我，小家伙最爱听《安徒生童话》，听完后马上进行故事新编。

他奶奶就在书房里喊:“源源，别老缠着玲玲阿姨，阿姨要学习呢。”源源妈妈待我也很好，常跟我说一些她在外面听来的新闻或笑话，她送给我两套衣服，一套是她嫌小的，另一套却是崭新的，都是名牌。我长到这么大，从来没穿过这么高档的衣衫。人的心情愉快了，身体就棒，我的脸色变得白里透红，印堂闪闪发亮，再穿上时髦衣服，我看着镜子里女孩，根本不是果园里那个玲玲了。

有一天，源源在奶奶家吃饭，他奶奶问:“你最喜欢谁? 小家伙伸出一只手，书空画了两个大圆圈。”我们不解地问:“这是什么意思?”小东西很夸张地画了一个大大的圆圈，说:“这是‘零’，两个圆圈，就是零零——玲玲阿姨啊!”我们都笑得前仰后合的，他奶奶连眼泪都笑出来了。我呢，简直有点受宠若惊。

我在台州待了一年多，我把高中的课程全修完了，准备回家参加高考。在打道回府的那天，余老板掏钱替我买了车票，我要还他钱，他怎么也不接受。阿姨嘱我收拾好行李，别落下什么东西。她还送了我一大袋吃的穿的。忽然，她对我说:“把你的钱全都交给我吧。”我有点莫名其妙，不知什么意思。阿姨笑着补充说:“你带在身上不安全，我给你电汇过去。”

最后一顿饭，阿姨亲自下厨，弄了满满的一桌菜，源源他们也来了，一家人一起给我饯行。我的心暖暖的，又有点酸酸的，竟然有离家出远门的感觉，我好像有点舍不得台州了。

发车的时间是晚上 7 点半。源源爸爸开车，叔叔阿姨一块儿送我去车站。阿姨送我出了检票口，她找到那辆车的驾驶员，郑重其事地把我交给了他。阿姨说:“她才 18 岁，一路上你好生照顾着点，出了事我唯你是问!”司机是台州人，他笑着用本地话回答说:“我保证把她安全送到，你就放心吧。”

我高考进行得很顺利，我以 568 分的成绩考取了本省的医科大学。当我把这个好消息告诉阿姨时，我听到电话那头传来真诚又热烈的祝贺，阿姨还说："玲玲，我们资助你读大学吧。我们的经济宽裕，资助你没问题。"我说："不用了阿姨，我在台州的最大收获，就是收获了爱，收获了生存的本领。相信我以后会活得很出色！"

银溪阿婆

那一年，我调入新单位工作，自觉压力很大。我家先生在一家企业忙着，绝对不比我轻松。我们俩把孩子都疏忽了，16 岁的大儿子不知怎的就得了急性肝炎，眼白黄得像在浓茶里泡过似的。

他住院了。凭良心说，我没多少时间照顾他，除了送饭。得甲肝的人忌油，闻到油味儿就恶心，我得给他做清淡的饭菜。这样，医院、单位、家三点跑来跑去，我虽然算得上健壮，渐渐地也有点招架不住了。

大儿子住院无聊，常常偷偷地跑回家，毫无顾忌地躺在床上看书听音乐。那时候我家房子很小，他和老二同铺而眠。我说："你这是干吗呀，小心把弟弟传染上！"可是老大我行我素，我们又不能时刻管着他。

半个月后，老二也浑身发黄，嚷嚷肝区疼痛了。于是我把老大骂了一通，把老二也送进了医院。家里出现两个病人，我简直焦头烂额。

银溪阿婆就是这时候来到我家的。她大概六十多岁，身板扎实，脸色红润，大手大脚，还有着一副只有一辈子吃粗粮才有的大板牙。

她问我每月给多少佣金？我按当时的行情，给了她我月工资的三分之一。她说："能不能再加一点？"我说："不能了。"

她成了我家的第一个保姆。银溪阿婆干活主动，走路铿锵，不打诳语，且手脚干净。最主要的是，她把我该干的家务都干了，我一下子有了非常放松的感觉，所以我很喜欢她。

两个儿子出院后，我把她留了下来。吃饭时，她拘谨着不往好菜里伸筷，我和孩子们都齐喊"阿婆吃菜"，她还是不吃，我就大块肉大块鱼地往她碗里夹。她不好意思，又特别感动，常常检讨说："天诛诛啊，天诛诛啊，我当初怎么还向你讨价还价呢。"

她跟我几乎无话不说。说银溪山里的景象，说她儿媳妇如何的"狼"——她说的就是"狼"，不是"狠"的笔误。儿媳让她养四头母猪，烧三代人的饭菜，洗十来口人的衣服。猪草和柴火也都归她负责。她跟我描绘了折松枝的方法：抓住刚刚够得着的树梢，慢慢地把它往下拉，往下拉，另一只手顺着松枝往上移，往上移，然后把松枝折下来。有一次松枝太强劲，带着她反弹回去，竟把她高高地吊在半空中……

如果猪嚎了，饭煳了，或者衣服哪儿没洗干净，儿媳妇就不准她吃饭。银溪阿婆在我背上做了个双拳击打的动作，说儿媳妇的拳头"擂鼓般在她背上擂"。我看着她厚实的背脊，心想亏得她长得结实，否则准会被捶断几根肋骨的。

大概有这么个儿媳做参照，银溪阿婆就觉得我们家的人都太好了，只想多给我家做事。早晨，她很早就出门去了，待我们起床时，她已经满脸红光地提回两塑料桶白云山泉眼里的泉水。当年椒江人都还在吃又腥又咸的土水，我们家早就享受上泉水的滋味了。

如果我偶有小恙，银溪阿婆就难过地看着我，一副无援无助的样子。她这么在乎我，我反倒安慰起她来了，尽拣轻松的话说给她听。她还是忧心忡忡，有时眼里还闪动着泪花。

那个早晨我起床晚了些，醒来时，发现她站在我床前，虔诚地打开一个小纸包，把一些灰黑色的粉末倒进我的水杯。我问："这是什么啊?"她说："香灰，在菩萨前求来的，你喝下去就没事了。"

虽然是个荒唐而迷信的行为，但银溪阿婆对我的关爱还是非常让我感动的，让我有一种享受母爱的幸福感。

两个月后，银溪阿婆的孙女来了，那女孩刚好20岁，很灵光，叔叔阿姨的叫得很甜。临走时还拿了我家的一块呢子料去，说帮我儿子做一条冬裤。过了几天，裤子送来了，两个裤管细得像毛笔的笔杆似的，根本不能穿，但人家一片好心，我自然是不能说什么的。大约在她回家后的一个星期，我发现我的一套内衣不见了，按说一套内衣也算不得什么，但那是一位朋友从香港捎来的，上上下下缀满了手工织的花朵，非常漂亮。再找，我的一个金戒子也不翼而飞了。

家里没来过外人，那就很可能是银溪阿婆的孙女顺手牵羊拿的。我想问问阿婆，又怕伤她自尊。我考虑良久，终于还是问了，我说："阿婆，你孙女在家乖吗?比如手脚……"没等我说完，阿婆就警惕地反问道："你家丢了什么?"于是我把不见了的东西说了出来。阿婆气坏了，恨恨地说："这天诛囡，去年到她外婆家，把外婆压在箱底的两块银洋也搜走了，气得外婆追了过来，大骂：'我没有你这样的外孙女，以后再到我家来，打断你的狗腿!'"

银溪阿婆恼得连饭也不吃，急匆匆地回老家去了，第二天回来时，手里拿着那套被洗得皱巴巴的内衣，却没见戒子。阿婆说："她孙女见她回家，撒腿就跑，也不知躲到哪里去了。"

阿婆非常内疚，不断地骂着"天诛囡"，我知道她是真骂，是真气。我怕她气出病来，说："算啦算啦。"可过了些日子，阿婆又讪讪地对我说："我家孙子 17 了，你看看，能不能给他找个地方，让他学点手艺？"

我马上想起了他的姐姐。转而一想，女孩子经不起漂亮服饰的诱惑，男孩子总不至于吧？再说工厂里又没有内衣和戒子可偷，能帮忙还是帮忙吧。那时候模具生产的前景十分看好，先生就找了朋友，让他进了一家正规大厂，去学翻砂造型。

这期间，阿婆的孙子也常来我家坐坐，遇上吃饭的时间，我也留他吃饭。银溪阿婆三天两头见着她的孙子，笑得合不拢嘴，不住地叮嘱他好好学"生活"，说学好了本事一辈子就不愁穷了。

可是没过多久，一辆三轮摩托车气势汹汹地直扑我家，从车上下来两名身穿警服的公安干警，直呼我先生的大名，把我吓了一大跳。一问，才知道是来抓阿婆孙子的。原来这家伙偷了厂里的铜件去卖，已经不是头一次了。

这真是跑得了和尚跑不了庙，我们这"庙"糊里糊涂地介绍了一个窃贼，当然要承担责任了。我必须协助警方把这个犯罪嫌疑人抓到。我问清楚了银溪阿婆家的地址，警察们就开着三轮摩托车，直奔银溪山里去了。阿婆气得嘴唇发黑，双手直捶自己的脑袋，嘴里不住地叨叨着："天诛儿，你这个不争气的天诛儿啊……"

从此，银溪阿婆的脸上没了笑意。不久，我要去外地学习，时间还不短。银溪阿婆自知留不住了，主动提出辞工。临走时，她哭，我也哭，我把她从楼上一直送到楼下，我们俩也从楼上一直哭到楼下。阿婆走了，我回到了楼上，还是止不住地抽泣。先生不以为然，他对儿子们说："你妈疯了，真的疯了，一个保姆走了，她能哭成这样！"

直到现在，我还是常常想念银溪阿婆，尤其是身体不适的时候。

青　云

青云是我妈的得意门生。他主要负责领读课文，收发作业，教广播操，写黑板报，还经常帮我妈妈批改作业。妈妈常训我："看看人家青云，干起事来棱是棱角是角，行行点点有头有尾。你呢，不是毛手毛脚就是丢三落四，什么时候能学到青云的一半，我也就放心了。"

青云好像比我大几岁她的身子骨短小精悍，眼睛和鼻子长得很是精神，只是被一张黝黑的脸给遮盖了，看不出什么俏丽。她上学迟，一直比我低一级。读五年级的一个寒冷的冬日里，她被当成什么模范上县城开会，三天后，她带了一身雪花回到郑家湾。妈妈一把拉住她的双手，又是捏又是搓地把她暖进了怀里，一边还无限怜爱、无限柔情地拂去她肩上的雪。这一举动让我嫉妒了好些日子，因为妈妈对她的亲生女儿从来没有这么亲热过。因为这次模范的殊荣，妈妈提议学校给青云跳了一级。于是，我便和青云同时小学毕业，同时考进了县中。

县中在离郑家湾40里外的县城的最西北角。临上学那天，妈妈把我和青云喊到膝前，叮咛我务必听青云的话，她的话就等于妈妈的话，嘱咐青云好好照料我，我有什么"不法"行为及时向她检举汇报等。

上了那所风景美丽的中学，我便有意无意地强迫自己跟青云学。可是中学那么大，好玩的东西又那么多，青云也没指点我这个可以做，那个不可以做，所以我也就不晓得自己到底学没学。有一年快过端午了，我在课桌下加紧用五彩丝线扎我的第五个带流苏、串珠子的粽子，被林几何——我们的几何老师林詹揪住丝线头一把给拎了出来。当那用牙膏纸壳折成的粽体在丝线的牵引下骨碌骨碌地翻着跟头跑到讲台脚的时候，全班同学大惊失色。没想到的是，青云并没有将此事告诉我妈妈，于是我从心底里承认了她。如果不是嫌肉麻，我准要管她喊姐姐了。

那时候讲究教育和劳动生产相结合，不是蜻蜓点水式的结合，而是累得腿肚子像木棍、皮肤晒脱三层的结合。可是青云轻松得像只小鼠，上山下山、泥里水里如履平地。那一天，我们合用一台脚踏打稻机在水田里打稻，我怎么跑都来不及，她呢，从从容容打完手中的稻把，走到一边去丢下稻草，又踩着泥水到远处抱来新稻把，那打稻机的转速都没来得及减下来。

忽然有一天，女同学在嘀嘀咕咕，说青云在谈恋爱，对方是个复员军人。我大怒，青云怎么会干这种事？那时候，我们那结巴度极高的班主任在罗列坏学生的罪名时总说：乱、乱吃、零、零食啰，乱乱谈、谈谈谈恋、恋恋爱、爱爱……啰！他讲得如此艰难困苦，使我懂得吃零食、谈恋爱是很坏、很丑、很不要脸的事，这怎么能跟我的青云姐联系在一起？

于是，我奋起为青云辩白、抗争、洗刷罪名。同学们只是用一种冷静的不屑来回答我。青云倒是大度得很，任别人说好说歹、说东说西，她却像没事人一般，这就更让我佩服得五体投地。

有一天，我们那位尖下巴、尖鼻子、尖颧骨的何赛赛同学说：“什么稀罕事呢，人家都20出头了，谈谈恋爱又怎么样？”

那一年我12岁，上初中二年级。我12岁，青云怎么会20出头？初中二年级的学生怎么会20出头？这太恶毒了，是可忍，孰不可忍！当时我们学校里正在推广大字报创作，我们班有幸分到一百张计划，于是“居心何在”“何其毒也”等词语满教室乱飞，好几位同学被搞得抬不起头来。

我在心里诅咒何赛赛，巴望她的下巴、鼻子、颧骨更尖，尖得像天山、泰山、喜马拉雅山和刚刚学过的阿尔卑斯山。

有一天吃饭时间，同学们正吃得热火朝天，我忽然感觉到某种不对头。随即，我发现了外殿攒动的人头中，掺进了一块不协调的绿，那块绿色在一张又一张桌边转悠，渐渐地向我们这边移动。

“初二（1）班的郑青云在哪儿吃饭？”隔了好几桌，我便听见一口装腔作势的普通话。我忙抬头，便看到了一身不知真假的绿军装。我的头“嗡”的一声，然后就莫名其妙地发涨。这个该死的男人，这个厚皮佬，我几乎看到了世界末日，青云是毁在他的手里了。众目睽睽之下，他挤到了青云身边，脸上带着笑，没皮没脸地笑。青云的脸“刷”地红到了耳根，连耳垂都红彤彤的。她把那尚未吃完的半碗饭一放，跟着那个穿着绿军装的男人，穿过林立的用餐人群走出去。

我已无心吃饭，回到二楼躺倒生气。那个中午，同学们变得异常亢奋，窃窃私语已经不能满足她们了，她们肆无忌惮地谈论青云，谈得我无言以对，无地自容。突然，尖下巴、尖鼻子、尖颧骨的何赛赛高喊：“大家快来看啊，青云和那个男的在那儿呢！”

窗外，是丹霞山平的峡谷，金溪静静地流淌。青云被那个男半搀半扶着（我想或许用“挟持着”更加恰当），在高低不平的溪岸上慢慢踱步。溪边的树木刚被我们炼铁的小高炉吞噬殆尽，他们的一举一动都无遮无挡，暴露无遗。那男子兴高采烈地说着什么，不时地挥手给自己的话做注脚。我在等待着，等待着青云忍无可忍地打他一个耳光，然后像电影演员那样掩面跑回来，然后我就可以根据这个替青云驳斥那些言论。

可是没有，岂止是没有，青云仿佛还饶有兴致地听着，很有耐心地随着那个男人溯溪而上，一直到了尽头的瀑布下面。我以为这一下他们该回头了，谁晓得他们的身子同时一矮，居然坐下了。

我的眼睛冒出火来，我觉得什么美好的东西被玷污了。金溪岸畔，瀑布旁边，观瀑亭里，是我们读书、游戏的神圣领地，如今被人亵渎了。

事后，我没好脸色没好气地问青云怎么回事，青云轻描淡写地说道："是我爸让他来的，我妹妹红云要嫁人了，爸说早稻未割割晚稻，不像话，所以便让他来了。"于是我就迁怒于青云那得鼓胀病的爸，迁怒于青云那即将做新娘的妹妹。于是逢人便解释，都是她爸，都是她妹！青云才不会干这种事呢。

一年之后，恋爱嫌疑分子青云顺利进入高中，清清白白的我却回到了郑家湾。我和青云一夜之间有了极大的差距，后来我听说上了高中的青云身体变得很差，听说青云并没跟那复员军人谈恋爱。我便一天到晚待在郑家湾的水田里，跟在别人的犁杖后头，跟那些比我小的男孩们争犁头翻出来的泥鳅。然后，我又回避着弟弟妹妹们馋涎欲滴的嘴脸，回避着他们饿得青幽幽的大眼睛，把那些煮得烂烂的泥鳅翻来覆去地烙，烙出一层折磨自己也折磨别人的香气，然后用饭锹一锹一锹地篦成干燥的泥鳅绒，装进一个向别人讨来的空奶粉瓶里，拧紧了盖子，一次又一次地给青云捎去。

一年后，我几经周折，终于进了离家200里外的一个技工学校读书。有一回妈妈来信说，青云的爸死了，青云也休学跟那个复员军人结婚了。"乘人之危"，我无论如何也排除不了心头的阴影，并为女儿家的命运着实叹息了一番。

有一天我下课回到寝室，猛然发现有人等在门口。"青云！"

我高喊一声扑了上去，搂住她又蹦又跳，又哭又笑，我把她搂得那么紧，以致后来发现我把自己心爱的钢笔杆都给弄断了。然后我细细地打量着她，我要看看“结婚”这个词儿，把亲爱的青云姐折磨成什么样子了。

奇怪的是她既没有恹恹病态，也不显仓皇憔悴，反而像肥水足够的木槿花那么滋润起来，黄黑的皮色已经褪尽，换上一张亮堂的皮肤，鼻子眼睛显得十分精彩，我头一次发现，我的青云姐原来是个美人呢！

“阿丹，你也理理我呀，我都要吃醋了。”这时候，我才发现青云的丈夫就站在旁边。“他在给你的同学打分呢！”青云甜甜地说，眼睛瞟着她的丈夫。“打什么分？”我问。“漂亮分呗。”青云回答。“这个60，那个70，刚刚过去的这位只有45。阿保，说说，阿丹该给几分？”

“95。”阿保说，咧嘴笑笑，我见到那口腔深处半掩半藏着一颗金牙，好端端的嘴闪闪地发着光芒，我觉得心里腻腻的。这95分一点也没能使我快活，反倒有一种被戏弄被侮辱的感觉。青云告诉我，他们俩是取道我读书的这个县城去鹿儿岛的，因为阿保被分配到鹿儿岛的海带养殖场做管理工作，青云也伴他去过海岛生活了。

那天晚上，他们请我看电影，当然是按那种固定模式坐的：青云坐中间，我和阿保分别坐在青云的两边。电影一开始，我便觉得哪儿不对劲，借着银幕的反光，我瞥见阿保将青云的一只手抓在自己手里，又拉着那手在自己膝盖上不住地拍着。我心想：你们夫妻好，有多少时间多少花样不可以在屋里玩，偏偏在我面前出这洋相？当然，我不责怪青云，是阿保捉着青云的手，又不是青云捉着阿保的手。青云自然是不好闹的，一则她已是阿保的老婆，二则她这么一闹，岂不是更出洋相？

第二年夏天，我在郑家湾过暑假时，听说青云夫妇也回来了，便鸟一般向她家飞去。我和青云歪在她原来闺房的小床上，一聊起来就没完没了，从前我们也是这么没完没了。不知道是阿保明白我不喜欢他呢，还是他路上累了想早点休息，总之他避到楼上去了。青云告诉我说，楼上有一张大床，是她妈特意为他们准备的。

青云娘领进来一个周岁模样的女孩子，我知道她是青云的囡儿。这囡儿不说不笑，不吵不闹。青云将她往桌上一摆，拿手指头戳着她的额头说："你这个凸脑瓜！"又戳她的鼻梁道，"你这个塌鼻梁！"又戳着她的嘴巴道，"你这个翘嘴巴！"接着又说，"你这么难看，为什么还要投胎做人？"

青云说得极为亲切，极为认真，让我不明白她到底是说真话还是开玩笑。孩子"哇"的一声哭了起来，青云妈赶忙过来，数落了青云几句，便把那孩子抱走了。

我觉得青云变了，但我想她变总有变的道理。我没有想清楚到底是什么道理，便又和青云说开了，我们春花秋月、绿肥红瘦、天上人间、沧海桑田说个没边没际。楼上好像有脚步声，有人在楼上，当然会有脚步声，我没在意。渐渐地，这脚步声变得不耐烦起来，青云抬腕亮出表来，我挪过去看看，妈呀，已是凌晨一点。我说，我不走了，我们一起睡吧，青云点了点头。从前我们也曾说着说着忘了时辰便睡在她家。倘若我在别人家过夜，妈准会打断我的腿，在青云家，自然另当别论。

楼上的脚步声焦躁而烦乱，不好，我们打扰阿保休息了。我忙吹灯，拉了青云并排躺下。我闻到了久违了的青云的发香，心里很安宁很安慰。

忽然，楼门开了，从楼梯上下来一阵脚步声。接着，屋门也开了，那脚步便响到青云家的院子里，还一直向打谷场延伸出去。我说："阿保还有这么多的讲究呀，小便还跑得那么远。"青云已经坐了起来，一边穿衣服一边嘀咕道："这东西，一晚没我就活不下去！"说着，便追出去了。我怔了一下，忽然感到了羞辱，不知道是为我自己，还是为青云，为阿保。我听着打谷场里那两个人的脚步声，听着他们在争执，在交涉。大约十分钟后，便一唱一和地回来了。谁也没跟我打声招呼或解释句什么，便上楼去了。

我非常愤怒，愤怒自己是一个不明事理的人，一个多余的人，一个被遗弃的人。继而又觉得悲哀，悲哀我自作多情，悲哀友情总归要向爱情让步，并慢慢地走向没落。

三年以后，没有那种花前月下，没有那种肉麻兮兮，没有那种冲锋陷阵，没有那种你死我活，我也结婚了，婚后不久便生了个儿子。儿子是生在娘家的，那时候我不知为什么犟，发誓若不在娘家我便无论如何不把孩子生下来。大约是产后半个月，红云说是代表青云来看我。

红云抱起我那半个月大的儿子，掂了掂道："石杵头一般。"后来，我越看我的儿子便越觉得像石杵头。红云接住自己的话头说："青云的儿子都快10个月了，还没有你这个沉。他们两口子倒好，变着花样儿玩，只怪孩子碍事。那天岛上放电影，他俩将姐弟俩往屋里一锁，两口子就走了。孩子们等爸妈等急了，双双爬到了没关窗的窗台上——他们家住三楼，差点没把楼下的人给吓死！上楼推推她家的门，门锁死了，想喊小孩小心点，又怕这么一叫唤反把他们吓得掉下来……"

我着实是糊涂了。究竟青云是被阿保带坏了呢，还是爱情就这么自私，这么排斥他，还排斥自己的亲生儿女？我不愿为这想得脑仁子发疼，只是抱起我的石杵头儿子亲了又亲。

红云说："阿丹，这样好不好？把青云那儿子抱来放你这儿，帮忙给喂几个月好不好？"

我说："我一个人带两个娃儿，能行不？"

"不就吃一肚奶么？吃饱了，让你妹妹背去。我让青云每月给你12块钱，怎么样？"

“等我妈放学我问问我妈吧！”我说。我虽然已经做了妈妈，但凡事还得问我的妈妈。

妈一听是青云的儿子，说：“青云的儿子就是你的儿子，什么钱不钱的，替她养着！”

从此之后，白日里，我妹妹的屁股后总是坠着那个男孩，那根绑带深深地勒进妹妹的双肩。夜里头，我总是摊着双手睡觉，左臂枕着自己的儿子，右臂枕着青云的骨肉，累得腰酸背胀，两臂酸麻。

那孩子是在一个上午由他的外婆和红云姨抱来的。外婆极为小心地打开那个襁褓，让我感到她在剥一个无力啄开蛋壳的小鸡。于是我便清楚地看见了那个孩子。也塌鼻子，也翘嘴巴，也凸脑袋，只是可以接受，脸是标准的苍白，脑袋却是超标准的大。脑门方方正正显得辽阔，一吸一吸地，有点怕人。隔了那层薄薄的头皮，可以看见脑壳的沟沟壑壑。

他一见我就哭，嘴张得大且空洞，哭声却软弱无力。我像接抱儿子那般习惯地接抱过来，出乎意料地轻，轻得让我本来想抱到怀里却一下子举到了胸口。哭了一会子，他好像跟我认识了。

到了下午，这孩子便漂亮起来，两颊染了胭脂般的嫣红，眼珠像刚从水里捞出来的黑棋子那般乌漆。我逗他，他也笑，只是笑得淡淡，笑得恹恹。

妈天天探孩子的额头，几天以后，妈说：“这孩子有病，低烧。”于是就叫了红云和她妈来。那位外婆端详了外孙半天，又探了探他的额角说：“姜奶，姜奶的缘故。若是阿丹不喝姜汤了，那奶便不热了，孩子自然就好了。”

我立时便断了姜汤，甚至连菜里面都不敢放姜末。虽然月子里我特别喜欢姜也特别需要姜，可是那孩子依旧下午低烧。

于是我写信给青云，很详细地描绘了孩子的病况，让她回来请医生看看。

信发出去了，却没有回信。

我又写了第二封，第三封……全都石沉大海。两个月后，青云托人捎了个口信，说以后回家送我两双尼龙袜，奇怪的是，她根本没提及孩子和孩子的病。

三个月后，那孩子就是不肯长大；或者说跟我的儿子比，他一点也没长大。我只好跟妈说，叫他的外婆和红云姨来，将孩子抱回去。妈再疼青云和青云的儿子，也不能让一个病孩没日没夜地和我们待在一块呀。妈让人去请红云和她妈，转告了我的意思。她们一点也不掩饰她们的不满，尤其是外婆，黑着脸，耷拉着眉眼，好像我欠她多少钱一样。红云只是嘟哝："这孩子，又没处去了，又没处去了。"

快过年时，我听说青云来了，我没有像往年一般欢欣鼓舞地飞奔到她那儿去，一来怕被人误会我是去讨尼龙袜；二来我已经失却那份热情了。最主要的是，我去的时候必定是抱着我那从不离手的儿子去。把我那又白又胖又壮观的石杵头和她那曾经交给我带过却没能带好的儿子摆在一起，实在很残酷。

叫天子

叫天子本是一种云雀，以活泼悦耳的鸣声著称。小时候，因为母亲奶水足，喂养的孩子个个声音嘹亮，而且不管哭多久唱多久，一点也不会影响嗓子。所以人们给最爱哭的我起了个外号“叫天子”。

那个暑假我刚刚初中毕业。妈说：“这高中嘛，你若是考上了，我便是再穷再苦也要供你上的。现今你考不上，可就怨不得我了。我已替你说好了，到黄浜小学代课去。”

我正满肚子气呢，便顶她：“是我考不上吗？好端端的，让人把我的名字给叉掉了，是你们，都怨你们！”妈妈发火了，冲我嚷嚷道：“我？怨我？你十乡八村校里校外地打听去，从课堂里教书到下田干活，从脑瓜子思想到女人的生活作风，我有半点怠惰靠后的吗？有半句落人闲话的吗？”

我一时间无言以对。妈不是普通的妈，她是天底下绝无仅有的妈，她代表着一种精神，一种力量。妈其实也冤，是爸，爸丢了工作，我们全家跟着遭罪。

我说：“妈，我怕教不了。”妈说：“我只读四年半的书都教得了，你读的书整整多我一倍，怎么反倒教不了？”妈常常感叹她的学历，在外婆家，被舅舅和家务连累着，断断续续只读了三年半的书；嫁给我爸后，我爸辅导她一举考上了县中，满以为从此可以尽着性子读个痛快，不想又因怀上了我而辍学了。单凭这一点，妈就有理由一辈子朝我撒气。

我说："妈，我还小。"妈说："你还小？你都快15岁了，你爸可是14岁半就教书了。"

我只怨自己出世太晚，来不及看看14岁半的爸站在讲台上是怎样一副尊容。妈继续道："一家十来张嘴吃饭，全靠我一双手撑，你当老大的不帮一把，就眼睁睁看我累死呀？"

我当然不能看着妈累死，因为我只有一个妈。再说，妈并没有错，那时候的乡间根本就没任何工作可干，像我们这些初中毕业的女孩子们，能找个小学代代课，三年五载地转正了，便是天大的造化了。

我遵从了母命。几十年后我才明白，我命中注定逃不出妈的如来佛手掌。

临出门的那天，我很早就醒了，听到灶间妈妈煮粥烧火的呼呼声，就摸黑起来，坐在妈身边，看着灶洞里的火焰出神。妈正用一根烧红的锥子往爸的一条旧皮带上烙洞洞，因为昨天我鼓足了肚皮还是无法撑起这根皮带的最后一个眼。火光映出来，给妈那总是严厉的脸庞抹出了几丝慈爱，让我非常感动。

妈谆谆告诫道："女孩子家家，第一要紧是嘴馋不得，你吃了人家的，一来二去的就吃出毛病来了；第二是懒惰不得，自己干得了的事，千万别让人家帮，这一帮两帮的，不帮出事来才怪呢，懂吗？"

我半懂不懂。15岁的我对世上许多事儿都半懂不懂，但既然是妈讲的，那总归是错不了的。所以我很乖巧地点了点头。妈接着给我传授经验，她说："这教书，其实并不在乎你肚里有多少墨水，关键是抓学生的课堂纪律，这纪律抓好了，你讲的话他们全听进去了，事半功倍。这纪律若抓不牢，你讲你的，他闹他的，还听什么课？事倍功半都没有。”妈最后说：“头一回代课，难肯定是难的，但好歹要将那课代完，千万不能半途而废跑回家来，你若半途上回来了，别怨我不让你进这个门。”

妈点上灯让我吃粥。那顿早餐我一点也不难为情地吃了又吃，我很久没这么放任过我的肚子了。我吃饱了粥，系上了爸爸的皮带，挑上我轻轻的铺盖卷和妈妈重重的叮嘱，迎着曙色踏上了去黄浜的路。那个海边的黄姓大村离我们郑家湾有十几公里，我走小路穿田坂过小桥，挑一程问一程，走走问问觉得肚子瘪了些许，就将皮带收一个眼子，等我终于找到那个小学的大门时，皮带上新烙的五六个洞洞已让我收到底了。

我在操场的一堵墙脚下找到了校长。当时他正用一把笋壳扎成的蜊灰刷子往凹凸不平的墙上刷一条慷慨激昂的大幅标语。妈说过校长姓严。我看那严校长，正是那种雷厉风行的年纪，铁板脸，钢丝胡，一双铜球眼睛圆且鼓，怎么看也不像个教书匠，倒像金刚。

我说：“严校长，我妈让我到你这儿代课。”校长转过脸，很不以为然的样子，然后用那把滴着灰水的刷子指着我说：“这教书的饭碗可不好端的，你教得了？”我背书般地回答道：“我妈说，她只读过四年半的书都教得了，我读的书整整多她一倍，怎么反倒教不了？”校长说：“你太小了。”我说：“还小？我妈说，我爸14岁半就教书了，而我离15岁只差20天了！”校长忽然将脸一拉，说：“你妈说你妈说，你妈开什么玩笑？”我蒙了。接着我觉得恼怒，因为校长用这种态度提到了我妈，我便有资格恼怒，一恼怒我的胆子就明显增大，我也喊了起来：“我妈从来就不开玩笑！我妈最正经不过了！你什么时候在什么地方看见我妈开玩笑了？你倒是说说清楚呀！”

校长那铁板脸仿佛松动了一下，口气也软和了些，说：“嗓门倒响得很，叫天子一般。会唱歌吗？”我答：“会。”校长说，唱个听听。我想都没想张嘴就唱：

叫我唱歌，
我就唱呐，
我唱歌你来和，
你唱歌我来和，
河水呢自动那个上田坡……

校长说，这个太简单了，来首难点的。这回我想了想，又唱：

姑娘我生来爱唱歌哟，
一唱就是一大箩哟，
人人都说我是布谷鸟，
我歌唱幸福歌唱生活。
喽！喽！……

校长说："还有别的吗?"我问："唱越剧行吗?"校长说："行。"于是我深深地吸了口气，然后便幽幽地吐出了一句倒板："何——日——走完——这崎岖——路——呜——!"这是《柳毅传书上》中龙女牧羊唱段的首句。我不知道我为什么要唱这一段，那时候我虽然会唱许多戏，但对戏的意思并没有真正理解，我只知道这"崎岖"句，调门儿高，弯弯儿多，最难唱的了，但我知道自己学得很像那么回事。正待唱第二句，校长喊停！让我再提高一个音，我便"多多来来米米"地校音，校准了，提上个音，又唱："何——日——走完——这崎岖——路——呜——!"校长又喊停，说再提高个音。这样反复三四次，我便提了三四个音，校长不再喊停，我便洋洋洒洒有板有眼地唱下去，一直唱到柳毅拿着金钗叩开了洞庭湖的大门。

我这人有个毛病，一唱戏便容易动真格的，我唱得如泣如诉、如醉如痴把自己都唱进去了。半晌，我才眼泪汪汪地从洞庭湖里走了出来，只听得校长说：“奇了，你这嗓子竟是无止境的——留下吧。只是别再‘我妈说我妈说’的了，记住，你是来代课的，不是来看外婆的！”

我就这么留下了。黄浜小学其实不小，一、二、三、四年级都还有几个平行班，所以六个级段便有了十多个班级。校舍有新、旧两处，旧的是黄家祠堂，像一只龙钟的老兽那样趴趴着，新的则像列简陋的火车，一排七八个教室就像一节节车厢，由办公室这个火车头带着，仿佛随时都会开动起来，将横亘在前头的老兽拦腰碾断。

我代的是四年级班主任，语文、算术包班，早读、写字、课外活动不算，一星期就有正课22节。

当天中午，我待在办公室里急急忙忙地备课，因为下午的第一节课就要我代上。教唱歌的麻玉珍老师一边“呱嗒呱嗒”地踩着风琴，一边扯着喉咙练歌，每每到了高音部，她那声音便像一把钝刀在刨一只裂缝很大的破锅底，叫人不忍卒听。

忽然，她向我扭过头来问：“你叫那个钱、那个钱什么？”我赶忙答钱国丹。她说：“钱国丹，你就是来代四（甲）班、代柳裳柳课的？”我说是。她干脆关上风琴盖子，伸一伸脖子，咽一口唾沫，她说她是因为喉咙疼。她说：“这小学生，一、二年级还嫩，老实好管。这五、六年级呢，晓得事了，想上进。唯有这三、四年级，论时间，他们进校的日子肯定比你们这些代课教师早，谁谁的脾气、学校的规矩都摸个一清二楚；论力气，尤其是后排的几个男学生，绝不比你们女孩子差，梗起来，你拉他拉不动，打他打不过。我索性都说给你了吧，柳裳柳这个人呀，也不知前辈子作了什么孽，今世要如此受苦：每每怀孕到两三个月，迈一条高门槛，挂一块小黑板，那肚里的肉块块准掉，一年少说也要掉个两三回，所以每年总要将代课教师请两三回，代课教师请多了，学生便成了精，什么鬼掉八怪的花样都想得出。钱国丹，这个班够你侍候的了！”

我吓得心里直叫妈。妈当然叫不应，即使叫应了，妈也不让我回家。想来想去，只有硬起头皮去干。我一边祈求老天保佑，一边将妈平日里的言传身教在脑子里再过一遍，发现自己记住得甚少，如今是学到用时方恨少了。

悬着一颗乱蹦乱跳的心，我去上生平第一节课。班长黄素素喊：“立正！”我看到黄素素是个10来岁的小姑娘，极秀气，极灵气，让我一下子就喜欢上她。她喊“立正”，其他学生看看我，或紧或慢、陆陆续续站了起来，唯有黄素素左边一个冬瓜脸的男孩没动。我指着那冬瓜脸喊：“立正！”他还是不动，显然在装聋作哑。黄素素伸手拍了他一下，喊：“王大宝，立正！”这个叫王大宝的仿佛如梦初醒，一下子蹦起，不是就地立正，而是一下子蹦到了凳子上。学生们有抿着嘴笑的，有纵声大笑的，王大宝不笑，他高高在上站个笔直。我说：“王大宝，下来！”他答：“还没喊‘坐下’呢！”黄素素马上喊：“坐下！”这一回王大宝执行口令立即坐下，可身子一矮，整个人都坐没了。我跑到他位置旁一看，只见他席地而坐，盘腿合掌做和尚打坐状。我生气地训他，他干脆连眼睛也闭上了。教室里更是笑开了一锅粥。我拉他，他倒是有功夫般地纹丝不动，学生们便用怪怪的眼光看我，我的脸发烫，顺着脖子烫到了后背脊。黄素素恨恨地说：“王大宝，你只管闹吧，看我不告诉柳老师去！”我的脸和背脊就更烫，仿佛要着火。王大宝跳了起来，对着黄素素就是两拳头。我喝：“王大宝，不许打人！”王大宝对着黄素素又是两拳头，嘴里逼问：“告诉不告诉?”黄素素疼得直抽气，却硬着嘴：“就告诉，就告诉！”一边将含泪的眼睛看我，我心疼这个女孩，也敬佩这个女孩，可我束手无策。这时候，走廊里传来一阵矫健的脚步声，我转头，看见一位运动员模样的年轻男教师走进了我的教室，他老鹰捉小鸡般提起了王大宝，一直提到了走廊上，掼下，说：“好好站着，等什么时候站累了愿意学习了再进去。”

我开始上课。按理，正课前该来几句开场白。想想自己的开场白精彩不了，自己做学生时又最讨厌不精彩的开场白，所以就不讲了。直接上那课《我的祖国》。走廊上的王大宝让我心神不宁，我等不得他站累，就说：“进来吧，下次不许捣乱了。”王大宝一边晃悠晃悠地进来，一边对黄素素道：“都是你这马屁精！立正！坐下！立哪儿？坐哪儿，你喊清楚了没有？还怪别人！”同学们又笑，还有人跟他接腔。我无法管住他们，自管自讲我的课。亏得我嗓子好，无论他们如何吵吵，我的声音总是比他们高出八度，所以至少有三分之二愿意听课的学生是能听到课的。眼见这第一节课可以马马虎虎地对付过去，忽然，一个规规矩矩的男学生举起了手：“钱老师，这‘繁衍子孙’怎么说？”

学生能举手发言，这让我感到高兴。于是我边想边答：“这繁衍子孙就是，就是我们人类一代一代往下传，越传越多，比如你们的爸爸生下你们，你们往后结了婚又生下你们的子女……”我认为自己讲得没错，虽然不是很透彻，但是也没错。可是学生们不答应了，他们又叫又笑又吹口哨，王大宝闹得最欢：“哈哈，真稀罕，爸爸会生儿，那么公鸡会生蛋喽？咯咯咯蛋！咯咯咯蛋！”男学生也跟着咯咯蛋！女学生也跟着咯咯蛋！整个教室顿时成了个丰收的养鸡场，连黄素素都用一种失望的目光看着我。我想起妈妈的事倍功半和事半功倍，觉得自己简直是“事倍功零事倍功负”了，鼻子一酸，热滚滚的泪水就要漫出。想想自己此刻是做老师的，这哭的权利已被剥夺了，就拼命咬住嘴唇，让那又咸又涩的液体倒回到肚子里。泪水下了肚，一种新的感觉却置换了出来：我读了9年书，我比他们懂得多，我懂得爸爸生孩子和妈妈生孩子是一回事，而他们不懂。所以我是他们的老师！我感到很振奋，于是声音嘹亮，底气十足，我终于将那份笑闹压了下去。

放学的时候，我说："王大宝你留下，我和你谈谈。"这叫个别谈话，我妈早教过我的。王大宝翻了翻眼珠说："没那闲工夫，我那牝牛刚刚生了牛扼儿（牛扼儿是我家乡一带对小牛儿的昵称），我得赶紧给它割草去！"书包一荡，扬长而去，他把我刚刚找到的那点儿自信全部带走。第二天下午课间休息时，麻玉珍老师又在练唱歌。见了我就问怎么样？我知道她问的是代课的感觉怎么样，我说不上怎么样，就没回答。她自己答道："代课教师，总那个样。"又说，"你那嗓子真好，小喇叭般嗒嗒嘀嘀，我边弹琴边唱歌，还听见你那嗒嗒嘀嘀。会弹风琴吗？"我答会。她兴奋了："真会？"我说"我是在妈的办公室里长大的，看看也看会了。"麻玉珍一拍手，说："太好了，下一节课该我上你们班的唱歌课，你听听我这喉咙，你一并替我给代了吧？至于纪律，我站在走廊上替你管着，如何？"

用不着如何，代就代呗。上半节课，有麻玉珍在巡视，有我的新鲜歌喉，这唱歌课上得很是顺当。下半节课，麻老师走了，课堂里又动荡起来，我正低头看乐谱时，"啪"的一声，一个粉笔头不偏不倚地击中了我的脑门。

"谁？谁干的？"没人回应。我真火了，我忘了自己是老师，气咻咻地只管嚷着："你们欺侮人！欺侮人！我哪一点对不起你们了？你们有什么了不起的？我在你们这么大的时候，都已读中学了，你们不晓得读不读得上高小呢。你们想赶我走呀？我偏不走，就是不走！打死我也不走！"我越嚷越着急，越嚷越任性，"柳老师病好了我也不走，我要她教别的班，我硬是盯着你们这班不松手了！"

居然歪打正着，课堂秩序倒好了不少。下课时，一个手拿毽子的女学生拍拍自己的耳朵说："钱老师的嗓门真厉害，震得我耳膜子生疼。”我心里高兴，指着她的毽子道：“让我踢两下。”她的手一扬，我用脚接了过来就踢，我在初中时曾经三年蝉联我们校踢毽子冠军。那天我按照她们的规定，五记翻一翻，十记交叉跳，翻翻跳跳左右开弓，那毽子就像蝴蝶恋花般恋着我的双脚再也不肯下去。每完成一个高难度动作，女孩子们就兴奋地嚷嚷，我自己也嚷嚷，一直嚷到下节课的钟声敲响，我才丢下毽子去端地上的教具，发现粉笔盒里的粉笔早被学生盗用一空了。为这事，校长后来吹胡子瞪眼把我骂了一通，因为校长有钢丝胡子铜球眼，所以骂起来特别的吹胡子瞪眼。我咕噜道：“我爸都从来没有这么凶我。”校长说：“又来了？不是你妈就是你爸，你到底什么时候才能长大？”

校长只说我没长大，却不知因为踢毽子，全班至少有一半的学生开始站到我这边来了。

两个星期后我回家背米。妈问怎么样？我絮絮叨叨地学说一遍。妈说：“去家访，家访的好处多着呢。好好代课，代出个水平来，让人知道你是谁的女儿，再说，也要对得起学生，对得起这一月 18 块的代课工资。”回黄浜后，我便让黄素素带着我家访，第一家当然是王大宝的家了。

将到王大宝家那条短短的弄堂，我们被王大宝和他那一大一小的牛堵住了。王大宝拉长本来就长的冬瓜脸，警惕地说：“告状来了？”我想起自己读书时也最恨老师告状，便笑笑说：“为什么要告状？坐坐不行吗？”他说：“家里没人。”他赶着牛，夺路走了。望着他的背影，我学会了叹气。到了他家，果然铁将军把门。邻居告诉我，王大宝从小死了妈，爸长驻在温州，为生产队掏粪。不知怎的，我心里便有点发沉。

几天后的一个黄昏，晚霞将西天涂得无比辉煌，我忽然觉得，此刻去王大宝家会有好运气。刚到那弄堂口，就和王大宝撞了个正着。他一脸的晦气，我问怎么啦？他说：“我的牛扼儿丢了。”当时我的弟弟也给队里放牛，我知道丢了牛扼儿的后果有多么严重。我尾随着王大宝走，他问：“你干什么呀你?”我说：“我帮你找牛扼儿。”他又想翻我的白眼，终于没翻。我跟着他走到村后，开始爬那座狮子山，他边爬边喊：“牛扼儿喂！回家来吧！”几多焦急，几多柔情，让我感觉这孩子对那条棕红色的小牛很有感情。山很深，很高，翻过一个山头，天已暗了下来，前边是一道很深的沟沟，王大宝说：“你回去。”说完，他一纵身便跳过沟去。我不回，我退后几步，利用了加速度，也跳了过去，只是右腿脊磕在一块石头上，磕出个不小的口子，看得见一点白厉厉的腿骨，血冒了出来，淹没了那点白骨。我大概是尖叫了一声，王大宝回头说：“叫你不要来不要来，偏要来！”双眼却滴溜溜地乱转，终于在草丛里揪下个什么，捏开，全是黄澄澄的绵绵，一把按在我那血糊糊的伤口上止血。

王大宝继续喊他的牛扼儿，我瘸着腿在后边跟着。天已经黑透了，王大宝说：“怕是叫狼叼了。”我毛骨悚然地问：“这山里有狼吗?”他说：“有，去年还叼走了一只羊呢。”他说，“老师，你回去吧。”我一哆嗦，老师？他可从来没喊过我老师，就凭这声老师，我也不能丢下我的学生不管。我们又走了一会儿，我说：“王大宝，别瞎跑了，让我来试试。”我用手试了试风向，然后站到一个山包上，面对黑影幢幢似狮舞、似虎跃的群山，使出了浑身的解数喊：“牛——扼——儿——喂——回——家——哟——”我喊得情真意切，喊得婉转悠扬回肠荡气，山谷山峰将我的呼喊复制后再三播放，整个黄狮子山灌满了我美丽高亢的喊声。大约喊到第十七、十八声时，从那遥远的山腹地里反回来一丝微弱的“哞”。我以为耳朵出了毛病，王大宝却蹦了起来：“是它！是它！”我继续努力呼唤，那答复便越来越清晰明确。终于，一块黑乎乎的肉团蹒跚着向我们靠近，王大宝飞跑着扑了过去，我瘸着腿也扑了过去，我们仨紧紧地搂作了一团。

第二天，我瘸着一条腿去上课，纪律却是从未有过的好，致使我宁可就这么永远瘸下去。

柳裳柳老师在假期结束没几天又怀孕了，这一回她不急着来上课，说要不惜一切代价把这一胎保下来，所以我就继续将她的课代下去。麻玉珍老师也不让我闲着，只要有我的空堂，她就用她的唱歌课及时给我补上。别的老师有个喉咙发疼嗓子发哑，我也都说："帮帮忙，你个叫天子！"那一年我代遍了黄浜小学十几个班级五花八门乱七八糟的课。4 年后，我以一个新嫁娘的身份坐上长途汽车到异乡一个小镇去完婚的途中，一个抱着宝宝的现役军人和他的妻子齐声喊我"钱老师"。我说："我认不得你们呀。"现役军人说："我们都是黄浜小学的学生呀，你教过她一节体育课，教过我一节农业基础知识课。"

后来的日子就越发得忙碌紧张起来，严校长三天两头到公社去开会，公社来回 25 里，等校长每晚开完会回到黄浜小学都是凌晨一两点钟，他拼命地敲钟将教师们敲起来传达精神。我向来睡觉很沉，和我同寝室的吕白冰喊我、推我、捏我鼻子，把我从被窝里拖起来实在难于将一个大萝卜从泥里刨出来。搓着双眼、搓着脸蛋坐到办公室里，听着校长慷慨激昂，振振有词。可不到十分钟，我便迷糊过去了。"钱国丹！"一个炸雷在我头顶轰响，我猛一激灵，醒了，强撑住眼皮，看着校长钢丝胡中嘴巴开合，一会儿，那嘴唇又模糊了，凝住了。"钱国丹！"又一个炸雷。如此几次，我的心脏便跳得不匀了。我看看别的老师，拄颌合眼的有之，鸡啄米般打盹的有之，校长偏不炸他们，光炸我。心里有气，想说"我爸可不这么的"，但最终还是没说。

接下去就是组织宣传队。排节目时，校长说："这独唱该谁来唱？"麻玉珍立即道："当然是钱国丹！""那《杨柳青》呢？"有男教师道："这是女孩子的事，钱国丹、吕白冰、何丽贞等几个全上。”“那么一男一女的唱相声呢?”大家便异口同声道:“女的钱国丹,男的盖甫老师!”于是就排练节目,每晚出去一村一村地巡回演出。演出回来都很晚,洗掉油彩脱衣上床都快半夜了,刚刚睡定,校长那催命般的钟声又敲了起来。开完会已是凌晨两三点钟,白日里仍是满满登登片暇不留地上课。终于有一天,我感到咽喉疼痛、肿胀,嗓子也沙哑了。

那天放学后,我跑到校长的卧室门口,用我那生平第一回感到难堪的喉咙说:“严校长,今晚的宣传节目我就免了吧?你听听我这嗓音。”校长板着脸说:“这哪行?别人请假还马马虎虎,你绝对不行。”我说:“我嗓子疼,实在唱不出了。”我咽了口唾沫,伸了下脖子,忽然觉得自己很像麻玉珍。校长便皱眉,皱了良久,忽然一拍脑门道:“我想起个偏方,吃了,你那嗓子立马就好。”“立马就好?”我高兴了。“立马就好。”校长肯定地说。“不耽误今晚演出?”“耽误不了!”校长的偏方叫“笋壳灰汤”。我遵照校长的旨意去找笋壳,问了几位学生家长,都说冬天到哪里去找这玩意儿去?只得怏怏地回来。晚饭的时候,总务主任把一把灰迹斑斑的蜊灰刷子丢到我的脚下。我一怔,很快就明白过来,我用菜刀剁去沾着蜊灰的那头。再斫断捆扎的细绳,那刷子便散成一支支老笋壳子。我捡起那些笋壳,在我和校长卧室交角的地方,点着了,看着它们很壮烈地化为灰烬。然后将那些暗红色的灰烬捡到饭盒里,拿开水冲下,我听到开水激着灰烬的嗞嗞声。

我当着严校长的面,双手捧起饭盒,十分虔诚地将那些灰汤一饮而尽。当天晚上,我的嗓音丧失殆尽,连蛇一般的嗞嗞声都没有了。

我没有去医院,因为我不能将我一个月 18 块的工资往医院里扔。再说,我从来就不去医院,那时候我健康得连医院的门朝哪头开都不知道。

我是用几十年的光阴来恢复我的声带的，虽然从那以后我仍旧代课，我一度用粉笔与黑板再加手势代替我的喉咙。而今，我早不代课了，可我的声音仍旧沙哑，据说反倒符合当今“磁性”的潮流，糟糕的是，我连 C 调的“哆”也唱不上来了。

薄命白冰

吕白冰大我两岁，却远没有我结实。她薄薄的身板，薄薄的脸皮，薄薄的嘴唇，手掌更薄，举起来对着日头一照，居然能看到里头的“河流湖泊”。她个子却高，高高薄薄得像一碰就碎的玻璃片人儿。

她比我迟半个月到黄浜小学，代的是我的平行班四（乙）班的课。上课前几分钟，她一次一次地往厕所跑。我问她：“紧张吗?”她不答，只是笑笑，却笑得哀婉，笑得凄楚，叫我心里生出些许怜悯。

上课钟一敲，她像被人打了一记似的猛跳起来，拿起早已准备得整整齐齐的备课本、教科书、粉笔盒，外加一条指示棒，匆匆忙忙地往四（乙）班教室跑。四（甲）班、四（乙）班教室紧靠着，我看见她那个教室的门是关着的，里边很安静，静得叫人生疑。吕白冰推开门，一脚跨了进去，一个破畚箕翻着跟头从天而降，带着半畚箕的垃圾兜头盖脸地向她砸来，这还不算，一条破篾茬茬将她从额角到腮帮子拉了条长长的口子。

我不晓得她是怎么跑出教室的。等我赶到办公室时，她正背着身子站着，一只手捂着脸，肩膀一抽一抽的，纸屑、杂草在她那带点卷卷的头发上簌簌发抖。

这个玩笑开得太过分了，严校长大为震怒。他叫上教导主任、总务主任和在家养病的原班主任，风风火火地进了四（乙）班教室，校长带头对“畚箕空降事件”作了声色俱厉的批判，接着是教导主任批，再接着是原班主任批。虽然总务主任不批，但那阴沉的脸比最凶的批判还吓人。下课铃响了，领导们仍狠批不止，引得全校的学生都跑过来趴在四（乙）班窗口看，却一个个静悄悄的，气都不敢透，直到那个肇事者受不住压力自己站了出来。

我端了盆水，吕白冰背着身子将脸擦了，麻玉珍递给她个梳子，吕白冰背着身子将头发梳了，才转过脸，红红的双眼，红着半边脸，仍旧上课去了。倒因祸得福，四（乙）班从此不敢明目张胆地吵闹，省了我初来时的许多麻烦。

然而她的声音太低，哼哼唧唧的比蜜蜂、蟋蟀响不了多少。一会儿，就听得后边学生叫：“吕老师，大声点儿，我们听不见！”吕白冰便红了脸，赶忙将嗓门往上提，但不知是中气不够还是底气不足，说不了几句那声音又低了下去。学生们又嚷：“吕老师，讲响点，我们听不见！”校长余怒未消，一听见吵吵声便又跑了过去，鼓出了铜球眼睛吼道：“听不见听不见！你们嚷嚷着就听得见了？不许说话！集中精力听！支起你们的耳朵听！”学生们就不敢再嚷，课堂纪律安然无恙，让我反倒羡慕不已了。

放学后，总务主任带我和吕白冰去收拾寝室。黄浜小学的老师大都是本地人，他们都住在自己家里，只有几个外地教师住在祠堂楼。以前，我是住在柳裳柳老师家里的，如今有了吕白冰这个伴儿，学校便考虑给我俩腾间房。我们跟着总务主任斜穿过整个操场，来到了一个小小的打谷场上，便看见挂着匾额的“黄家祠堂”。进了祠堂门，左拐一个弯，走完一步一吱呀的窄木梯，迎面就是一扇破损的门。总务主任一推门，一股陈年的尘土味混合着新鲜的鼠尿气味扑面而来。

吕白冰便瑟缩地往后退，我一把拉住她，把她拖进这个破败的畚斗楼。

房间又窄又长，南边有个一尺见方的小窗，越往北便越矮越黑。深深黑黑的好像没个尽头。总务主任不说话，提了桶水就洒，大捧大捧的水下去，却碰不着地板，只化作一个个泥尘丸子满地乱滚。越往北洒，那灰尘就越厚，地板也越虚弱。我说：“总务主任，小心将楼板踩塌了，把你给掉下去！”总务主任好大块头，那分量恐怕比我和吕白冰的总和还多。我接过水桶一路洒水过去，那楼板竟像跷跷板般地一弹一跳，吓得吕白冰直哆嗦。

挖了四五畚箕的尘土，才渐渐地见到楼板的“真身”。吕白冰惕惕然，问：“这楼能住人？”我说：“北边的我们且不管它，南边一截就够我们铺两张床了。”

总务主任搬来了四条学生课凳，两块木板，平行着在窗下一搭，两张相对着的床就搭成了。又端来一张学生课桌，在两张床之间一挤，便是我们的写字台。吕白冰打开她的行囊，搬出一大摞砖头书来。我一看，有《小学生字典》《新华词典》《成语词典》《辞源》《辞海》。我笑了，说：“哪里跑出个大学究来，你想变个蛀书虫，还是要利用这些砖头书将学生压服？”她不答，也笑笑，笑得淡淡的、浅浅的。我翻着那些散发着墨香、檀香、樟脑香的精装典籍，心血来潮地说：“你家从前准是个大地主，不然是买不了这么多书的！”吕白冰竟青了脸，连嘴唇也青了。倒让我不好意思起来，连忙说：“逗你玩呢，怎么就当真了？”

晚上，老师们照例聚集在办公室里，或备课，或批改作业，两人合用一盏灯。那种灯我们那一带叫“十字灯”，小葫芦般的玻璃灯罩，大葫芦般的玻璃灯座，皆是空肚的，座里装着煤油，煤油里卧一条纱织的扁灯芯，灯芯头剪成圆弧，那灯火便是扁圆的，明亮又温柔。因为刚刚发生“畚箕空降事件”，那晚的办公就改成了校务会议，讨论对肇事者的处分问题。老师们一个个发表意见，有慷慨陈词的，有义愤填膺的，表现出少有的同仇敌忾。吕白冰却一言不发，只低眉垂眼地批改她的作业本子。最后校长宣布给那学生记大过处分时，吕白冰却一下子涨红了脸，急急地说道："断断不可以的！"问她为什么，却不说，只是重复那句："断断不可以的。"大家便觉得莫名其妙，互相交流了几个眼神，校长也摇摇头，不再坚持，那学生就幸运地免掉了一次处分。

九点半，办公结束，我和吕白冰端了盏十字灯返回寝室。灯光摇曳着，我们这屋子便越发显得空寂荒凉，北边便越发显得鬼影绰绰。我躺到床上，闻着那仍旧浓烈的鼠尿气味，便有些想家。吕白冰还坐着，继续细细地写她的教案，不时地去翻她的砖头词典，翻得极频繁，也极熟练。我忽想起我解释的"繁衍子孙"，吕白冰大概是不会犯"爸爸生儿"这类错误了。"吕白冰，你晓得这屋子原先是放什么的？"我问。吕白冰的魂儿还在词典上，漫不经心地应："放什么？"我说："放牌位的。"她问："什么牌位呀？"我说："你这个大学究，怎么连这个也不晓得？牌位就是死人的户口牌牌，木做的，写着老祖宗的生辰八字，婚配情况，子嗣业绩。我刚来的那天看过，这屋子简直是一片坟地，那些牌位就像墓碑，密密麻麻、层层叠叠……"

吕白冰手里的词典颓然跌落，瘦瘦的脸在灯影中抽动。我说："你怕什么？这牌位也罢，坟地也罢，又不等于鬼，这世上本来就没有鬼的，就是有，跟我们又非亲非故，无冤无仇，也不会来找我们麻烦的，你怕什么？"我不晓得自己哪里来的这套鬼理论，正自鸣得意，一抬眼，只见吕白冰双眼噙满了泪水，眼帘子一动，那泪珠儿成串地跌落下来。我慌了，连忙问怎么啦？她不答，只拿一条雪白的手绢按住那被畚箕篾划破的伤口。看着手绢上的血痕，才戚戚地说："那学生们跟我有什么冤仇？为何要那样作弄我？"我振振有词说："那不叫冤仇，那叫调皮捣蛋，我妈说，调皮捣蛋是儿童的天性。”

吕白冰无语。我想起晚上的校务会议，又问：“你为什么就不让处分那个捣蛋鬼呢?”吕白冰叹了口气，半晌，才说：“我不想得罪任何人。”说完便吹了灯，钻进被窝。

半夜里，我被一阵急急的呼喊声弄醒，迷糊中，只听吕白冰用极恐惧极压抑的声音说：“国丹，你听，有人拨我们的门闩!”我一吓，清灵了。侧耳细听，什么也没有。我说：“你做梦吧?”她说：“我还没睡着。”我不放心，穿条短裤就跳出被窝，去摸门闩。那是根两指宽、尺把长的横闩，木做的，极轻松，滑出来，笃，滑进去，笃。老实说，外头的人只要手持小刀钢尺什么的，拨拨就开。可谁干这这种事呢？我们数数楼上四个男人，校长、总务主任、教导主任、体育老师盖甫，全是堂堂正正的。我说，许是外头的贼。白冰说，不对，若是外头贼上楼，怎么没听见楼梯的吱呀声?

我正要倒头继续睡觉，吕白冰期期艾艾地说：“你，小便吗?”我说：“我夜里从来不小便。”“那你陪陪我，可行?”完全是哀求的口气，我叹了口气，两人便同时穿衣服，外边很冷，我们将全部衣服穿齐，点上十字灯下楼。祠堂里没有厕所，我们出了祠堂门，穿过打谷场，来到大路边的农民茅坑上。她便得好急，简直刻不容缓。回去的路上，一阵大风吹过，十字灯的火苗一下子拉到了灯罩口，熄了，她一把攥住我的手，那手冰冷冰冷，却又汗水涔涔。如此几夜，夜夜惊惊乍乍，夜夜要上厕所，闹得我这个最爱睡觉的人也睡不好觉了。

星期六，照例是“教育与生产劳动相结合”的日子，不是蜻蜓点水式的结合，是实打实地起五更落半夜，水里滚泥里爬的结合。累了十几个小时，晚饭后我放倒便睡死了过去。也不知是什么时辰，我被一种声音弄醒，强撑开重如闸门的眼皮，灯亮着，只见吕白冰在跳一种奇怪的舞蹈：她双手按着肚子，双脚紧紧交扭在一起，一蹦一蹦原地跳跃，口里喊着：“国丹，快快！”我迷迷糊糊地问：“快什么？”她苦着脸说：“上厕所。”我明白过来，伸着僵硬的四肢穿衣裤，没等我下床，她“哇”的一声哭了，尿顺着她的裤腿“哗哗”直流，又顺着地板，浩浩荡荡地向北边而去，终于撞了北墙，便顺着墙脚“淅淅沥沥”地淌到楼下放破桌烂凳的储藏室里去了。

吕白冰蹲在地上，抱着头哀哀地哭，声音很微弱，却叫人肝肠寸断。我不知道怎么劝她，好半天才说：“你放心，我不告诉别人。”她仍然哭。我说，我告诉别人是小狗。她还是哭。我说，我告诉别人我爸爸也是小狗、爷爷也是小狗、太公也是小狗，还不行吗？她终于不哭了，换了裤子上床。为了道歉——谁让我睡得那么死？我一早起来洗地板，用整桶整桶的水来冲洗，那些水顺着地板统统往北淌，到了墙脚统统变成瀑布往楼下泻，直洗得那储藏室成了个泥涂。校长发现了，大吼着问怎么回事，我说我将一桶水打翻了。校长说一桶水有那么多吗？我说我将第二桶第三桶都打翻了，因为楼板是跷跷板，一跷水桶就翻。

幸好这天是星期天，破旧的储藏室有一整天的时间在西北风中等待干燥。洗过楼板后我们就回家了，回家后我当然向妈妈汇报了吕白冰的情况。

“肯定是受过大惊大吓的。”妈下结论道，“那以后她一受惊或者一紧张就尿急，甚至小便失禁。”妈接着猜测吕白冰到底受过什么惊吓：“被毒打过？”“被炸弹震过？”我们很小的时候家乡一带曾落过几枚炸弹。妈给我一枚大铁钉，说：“带回黄浜去，在那门闩上钻个洞，睡觉前，用它将门闩销上，外边的坏蛋就拨不进了。”

吕白冰却一下子带来三件宝贝，一只痰盂，从此后她夜尿就不必求助于我了。另外两件绝对是奢侈品：一双雨靴，一双手套。雨靴是高筒的，一穿便穿到腿肚子上；手套简直是神啦，戴上手，跟没戴一样的灵活舒服，那暖和能暖到身上去，摘下来，食指、中指、无名指、小指全都飞速地自动叠好，大拇指弯过来压在手心，跟刚刚熨过一般服帖。那时候我根本没有穿过任何雨靴，戴过任何手套，就是今天我也没见过那么神奇高档的手套。吕白冰将手套分开，我和她一人一只。雨靴没分，两只都她一人穿着。我戴着那只手套整日里拿粉笔写字、抓黑炭烤火，过后摘下来抖抖，那手套便像新买的般纤尘不染，熨熨帖帖。

有一天，严校长在办公室里用红笔画箭头，那是一张学费收缴进度表。那时候很少有学生能在开学时把学费缴齐的，一年到头需要班主任不断地催讨。吕白冰一看那箭头便红了脸。她悄悄地对我说："放学后我们结伴讨学费去。"我那时刚刚尝到了家访的甜头，便强调说："主要是家访，兼带讨学费。"我们各自让自己的班长带路，每个课外活动的时间都去家访，当然不会忘记讨学费。运气好时，我一次出去能讨个七八块，运气不好，也能讨个块儿八角，校长画箭头时便有了笑脸。我一高兴，就用普通话说："一下子都能收齐多好啊！"吕白冰说："国丹，这'都'应该读 dōu，而'多'是读 duō 的。"接着，她又读了几遍，果然好听。那时候乡间教师的普通话都是土洋结合，而吕白冰居然能将"都"和"多"分得清清楚楚，让我对她刮目相看。

有一次晚饭后，我们去找一个晚饭前总也找不着的家长，回来时天已擦黑，路遇一个卖鱼小贩，他的挑子里尚剩一条袜带宽的小带鱼，我很自然地记起自己已经半年未见荤腥了，于是我便将它买下。回到祠堂楼，看看这条荧光闪闪的带鱼。我发现自己无论如何也等不到明天，否则我准会发疯。于是我考虑如何将它弄熟。当时我全部的炊具只有一个能蒸半斤米饭的铝制饭盒。我跑到操场，捡来三块砖头，在我们寝室的北边靠墙处摆了个"门"形，刚好架住我的饭盒。吕白冰说："你疯啦？"我不理，拿起她的铅笔刀就剖鱼，然后洗鱼，最后将那条弄干净了的带鱼盘在饭盒里，再在空隙处撒些米，再加水，还没有忘记到对门的总务主任那里讨一撮盐。我再次到楼下，抱了一堆修课桌修下的刨花，轰轰烈烈地烧了起来。吕白冰铁青了脸，铁青了嘴唇，连眼珠子都青了，她喊道："你要将整个楼都烧掉吗?"我回答："我又不是木头人，会让楼烧掉吗?"她见拗不过我，"咚咚"地便往楼下跑，我知道她又要上厕所，一会儿，她脸红脖子粗地提了一大桶水上来，也不怕北边的楼板摇摇欲坠，一直以一级战备状态站在我火红的"灶"边，然而那双腿却在我面前簌簌发抖。等到我用起泡的手端下了煮熟的带鱼盒饭，她便给我做全部的善后工作，那份细心，那份谨慎。我忽然想，跟这个人在一起会一生平安的。

我吃着天底下最美味的带鱼盒饭，忽然又心血来潮，我说："吕白冰，你家遭过火灾吗?我妈说你肯定遭过大惊大吓的。"吕白冰正在扫除楼板上那被浇得湿淋淋的灰烬，听了我的话，一愣，扫帚便倒了下去。那时我还不懂别人的隐私是不好打听的。吕白冰摇摇头，双眼又汪出泪水来。

四（乙）班的原班主任康复回来了，吕白冰眼看就要走了，我、盖甫、麻玉珍都恋恋不舍起来。刚好两天前二（甲）班的班主任摔了一跤，将左手的一根骨头给摔断了，本来她还吊着一只手坚持上课，因为吕白冰要走，她便不坚持了，因此吕白冰便换成了二（甲）班的班主任。她到二（甲）班后，不知从哪里弄来许多马粪纸，夜办公结束回到寝室，她总拿着马粪纸裁裁剪剪写写画画，我问她干什么，她就说备课。我说："你这么备课，都快当模范教师了。"她笑笑，笑出些许安慰来。

只是还要夜尿，当然是尿在痰盂里。然而倒痰盂也是件麻烦事：天未亮她不敢出门，天亮了又怕被人看见难为情，所以吕白冰倒痰盂的时间总选在天亮与未天亮之间。一天凌晨，吕白冰倒痰盂回来，那气便喘得急促，我睁开眼，见她双手紧紧压在胸口，仿佛不这么压着心脏就会蹦出来，我忙问："撞见鬼啦?"她点点头又摇摇头，又趴在门缝里往外张望。我跳下床，挤在她身边也往外张望，楼梯头没窗，黑咕隆咚的什么也看不见。吕白冰回转身，钻进了自己的被窝，我跟了过去，钻进她的被窝，非要她说说刚才撞见什么鬼不可。她已经安静下来了，将身子扭向墙壁，幽幽地说："我不想得罪人。"我推了她一把说："你不想得罪人，可你已经将我得罪了，告诉你吕白冰，这一回你若再不说，我就不跟你好了。"她犹豫了一会儿，扭过脸道，我说给你听，你可万万不能说出去！我发了誓，于是她贴着我耳朵，说刚才看见某某老师和某某老师看起来关系不一般。

然而这消息太叫人震惊，太叫我不能相信，但是我不能不相信吕白冰的眼睛。两天后，教导主任奉校长之命，宣布要到吕白冰班里听课。教导主任经常来这种突然袭击，为的是测一测教师的真正水平。吕白冰便又一次一次地往厕所跑。我说："吕白冰你别怕。"她说："不怕。"我说："没什么好怕的。"她说："没什么好怕的。"但仍旧跑厕所。上课钟响后，教导主任带领全体空堂老师在教室后边齐刷刷地坐了两排。大概是将尿撒得差不多了，吕白冰看起来比平时镇定，她开始讲偏旁部首，拼音字母，组合，打散，移位，重新组合，仿佛在玩文字游戏，许多问题便在游戏中轻而易举地解决了。应该说，这堂课上得非常精彩，岂止精彩，简直让我佩服得五体投地。

后来在解释词义的时候，出现个词儿"投降"，大约因为很容易，吕白冰点名让一个孩子起来回答。"投降……投降……"那学生抓耳挠腮，"投降"了半天，结果双手一举，做了个人人都明白的动作。大家都笑了，吕白冰也笑了，她转过身去，于是黑板上出现了她纤细的粉笔字：投降——放下武器，向敌人认输。

那节课结束后，照例要来一个评议会，那天的评议会是公正的，也是宽容的。总务主任一声不吭，他从来都一声不吭，我到黄浜小学那么些日子，好像没听他讲过什么话。可是在会议就要宣布结束的时候，总务主任突然开了金口，他说："刚才吕老师将'投降'解释成'放下武器，向敌人认输'，这是个原则性的错误，是政治事件。我们的敌人是谁？是地主，富农，反革命，坏分子，我们放下武器，向他们认输吗？吕白冰同志，你到底是站在谁的立场上讲话，你打算把我们的孩子引到哪儿去？"

这番话仿佛在我们中间丢了个炸弹，我一下子被炸蒙了，我只觉得哪儿弄错了，肯定弄错了，昏头昏脑的，却什么也说不出来，我看到老师们变得很兴奋，可我又弄不明白他们在兴奋什么？忽然，麻玉珍老师嘶哑得可怕的声音盖过了一切："吕白冰！吕白冰！"我赶忙把目光转向吕白冰，只见那张薄薄的脸皮死白死白，那薄薄的身体慢慢软了下去，终于昏倒在冰冷的水泥地上。

盖甫老师抱起了吕白冰，一直抱到祠堂楼，将她放到她的床上。她醒了，看看我，看看盖甫，惨笑了一下，指着桌上一本《新华词典》说："国丹，你翻开365页。"我翻到365页，我看到那个该死的"投降"，和那条该死的注释：放下武器，向敌人认输。

"偷换概念！偷换概念！"盖甫愤愤地嚷起来，我这才想起刚才在办公室里有人也是这么嚷嚷的，总务主任虽说是搞总务的，可是他也不至于这么理解这个词，这里边肯定有名堂……吕白冰又赶紧摆手，向盖甫摆手也向我摆手，盖甫只是叫他别嚷嚷，我却知道她还有另一层意思。吕白冰叹了口气说："活到这么大，我总是尽力去善待人家，可别人为什么就不肯善待我呢——我到底还是把人给得罪了。"

代课教师是没有躺倒休息的权利的。钟声一响，吕白冰照样急匆匆地赶去上课。天一黑，吕白冰照样点上十字灯，细细地备课，细细地批改作业。天气越来越冷，大家身上的衣服越添越多，她的身体却越来越薄。

后来，学校里开始组织宣传队，开始排练节目。因为吕白冰嗓门不响亮，所以不必参加演出，可也不能让她闲着，她就成了专职服装师：替我们抱着演出衣服，当然包括向学生家长借取各种衣服。那时的戏台都搭在路口，几扇门板刚刚能容纳台上的演员，吕白冰这些服务人员只好站在台下。那个冬天老天爷不高兴，总是下雨，因此吕白冰总是脚蹬她的高筒雨靴，一把雨伞大半罩着我们的衣服，小半罩着她自己，冻得她牙齿一个劲地打架。

有一次我刚刚下台，吕白冰等我下台已经等得不能再等了，她将衣服和雨伞都往我怀里一塞，转身就向路边的一个茅坑跑去。我知道她胆子小，便也跟了过去。台上汽灯白炽，那茅坑却在阴影里显得分外黑暗，吕白冰急忙往上迈，只听见“咔嚓”一声，我想吕白冰是踩在一块腐败的茅坑盖板上了，那盖板立即断裂，她的一条腿直溜溜的，像蟒蛇钻洞一般钻到了大腿根。我赶忙将雨伞和衣服一扔就去拉她，拉上来一条受伤的腿和满满一雨靴的粪便。我扶着倒了血霉的她，赶忙向河边走去，走下了河埠石级，走下了倾斜的河滩，我站住了，她却一直走进水里。她脱下那只高筒雨靴，洗了雨靴又洗腿，洗了腿又洗雨靴。校长在那边喊我上台，我只好撇下了吕白冰，也不知她到底在那彻骨寒冷的河水里泡了多少个时辰。

第二天她发烧了，烧红了脸颊，烧红了嘴唇，也烧红了眼睛。校长过来看看，说不能耽误了，让我赶紧送她回家。总务主任用公费替她雇了条小船，小船装了我们后便“咿咿呀呀”地划了起来。这咿呀声让我们感到亲切，感到陶醉。吕白冰变得从未有过的兴奋，她的眼珠子闪着不吉利的光芒。她变得非常饶舌，她说她原是个大财主的宝贝女儿，是那个家庭独一无二的千金小姐。她的父亲精明又刻薄，他曾使一个对手倾家荡产，那个倾家荡产的家伙就下海通匪，那帮海匪在一个宁静的春夜砸开了她家的门，当时她的父亲并不在家，海匪就绑架了她和她那美丽善良的母亲，扬言要用她父亲的全部家当来赎。

“那一年我 6 岁，”吕白冰双目熠熠发光，“我和妈在那海岛上一个黑咕隆咚的山洞里等啊等，一直等了 33 天。妈在被绑架的第一天就尿急，随着时间一天天过去，我也不晓得，父亲为什么不赶快来赎我们。”

最后，还是舅舅费了许多周折找到了我们。隔着洞口那粗硬的木栅栏，我看见阳光下的舅舅很高大，很明亮，亮得我眯起了眼睛。舅舅说：“你们娘俩好生待着，我去筹钱赎你们回去！”就在舅舅走后的当天夜里，妈跳了海。我不晓得妈怎么弄开了那栅栏，当妈的尸体被潮水送回沙滩时，我只感到小肚子坠，坠坠地只想小便……”

小船划得好快，它将我们送到一个叫白龙的小镇上，我将吕白冰送进了一个破败的，但看得出当年很显赫的大院落。那个院落如今住着很多人和很多鸡鸭，由雨水、人和鸡鸭制造的污水满地横流。我扶着吕白冰在众目睽睽之下，在那些摆在污水里的砖头上走过，一直走到一间散发腐败气味的房中。终于，我看到那个耄耋老人，他薄薄的脸皮上，长满了霉点般的老人斑。他薄薄的嘴唇因为掉了牙而难看得瘪了进去。他那薄薄的身板，像虾米一般地佝偻着。

他抬起那只关节生锈了的胳膊去摸女儿的额头，吕白冰将那只胳膊推开了。这时候，日头正好透过老头儿薄薄的手掌，我看到两滴泪从那张皱纹纵横的老脸上蜿蜒而下。

大概是两个月之后，我听到吕白冰的死讯，也不知她到底是得了什么病症。

星期天我回到郑家湾，向妈说起吕白冰的故事。妈说：“薄命的孩子，真够薄命的了。你看，被我猜中了，受过大惊大吓的是不是？她那个痰盂还在那屋里吗？怕是有什么传染病，碰不得，千万别碰它。懂吗?”

我很乖巧地点了点头。

海燕翱翔

海燕是台州女人。她姓郑，这个姓氏稀罕，容易让人记住。1955 年，大陈岛解放前夕，国民党驻军将岛上的居民悉数劫往台湾。有位年过半百、叫“郑吴氏”的女人，无论如何威胁利诱，她坚决不从，因为她两个儿子在临海回浦中学读书时，就已经是地下党人了。郑吴氏因此被关在荒无人烟的洋岐岛上，差点儿被活活饿死。

这郑吴氏就是郑海燕的奶奶。20 世纪八十年代初，海燕还是个二十出头的女孩，在叫人艳羡的台州化肥厂工作，她是凭实力考上党委办秘书这个位置的。

海燕在成长过程中，感受着父母的正直和善良，也接受了父母的文学熏陶。父亲的国学底子不薄，出过一本近体诗词集；母亲开口即唐诗宋词。耳濡目染，海燕从小就爱舞文弄墨。

因为我们都热爱文学，所以走得比较近。海燕落落大方，积极勤勉，没有小女人的种种毛病，文章也写得大气。

有一天，她打电话告诉我说，她要调离台州了。我问她到哪里去？她说要到新安江一家小厂，她新婚的丈夫就是那条江畔人。

放下电话，我有些惆怅。清人黄仲的一首诗浮现在我的脑海：一滩复一滩，一滩高十丈，三百六十滩，新安在天上。旁边一位朋友问我为什么发呆，我就把海燕的事说了。她当即“嗨”了一声，说：“这人傻呀！舍弃椒江的优裕生活，去那山沟沟里，连海鲜都没得吃！”

我想，海燕爱她的画家丈夫，肯定胜过爱生猛海鲜。除了爱情的力量，还有她的梦、她的追求。她是海燕，不能一辈子待在安乐窝里，她要到风雨雷电中去搏击呢。

海燕很有亲和力，到了新安江，她很快就结识了许多新朋友，并且也成了那里的文学骨干。那时候，全国掀起一股影评热潮，杭州团市委和电影公司发起了“青春奖”影评征文活动，海燕参加了，并获得了很高的奖项。那一天，海燕高兴地打电话给我，说她正在浙江省人民大会堂参加颁奖仪式，著名影星潘虹给她颁奖呢！

凭着她深厚的文学功底和对工作的热忱，海燕得到各方面的关注和赏识，不久就调入著名企业——新安化工集团，之后就被任命为《新安化工报》主编。那以后，我经常在报刊上读到她的散文、诗歌。有一次，《浙江日报》整整一版刊登了她写的报告文学呢。

她偶尔也回台州，但总是行色匆匆。为了珍惜难得的聚会，我们彼此抢着说话，恨不得把自己心里的话全倾倒出来。她谈我的小说，一个个细节，一个个人物，都记得清清楚楚，理解得也非常到位，能这样读我作品的人不多，这让我感动，觉得她是知音。

光阴荏苒，转眼间，海燕也年已半百了。她是企业编制，这个年纪就该退休了。可她身体健康，思维活跃，工作热情一点没减，单位就留她继续干《新安化工报》的主编。有一次，她郑重地跟我说：“我要写一部长篇小说。”我知道海燕不说空话，不说大话。她是成竹在胸胜券在握啊。于是我说：“好啊！我等着读你的新作……”

2008 年暮春，奥运在即。5 月 11 日，新安化工集团企业骨干、劳模一行 28 人，带着 3000 万元的现金支票，赴汶川卧龙自然保护区去认养大熊猫“新新”和“安安”。这种活动，当然少不了海燕。工作认真又充满爱心的她，想把这一善举、义举做得更加圆满，更加有声有色。

5 月 12 日上午，四川卧龙的天是那么得蓝，水是那么得绿，空气新鲜得让人恨不得把自己的胸腔彻底打开。认养熊猫的仪式在和谐与欢乐的氛围中如期进行。之后，在汶川县长的带领下，他们穿越在青翠欲滴的竹林中，观赏了憨态可掬的国宝，海燕把坤包交给女友，自己搂着大熊猫，拍了人生最后一张照片。

14 时 10 分，一行人准备离开卧龙回成都。坐在商务车里的海燕发现自己的坤包还在大巴车那位朋友手中，就赶上去拿。那位朋友说：“拿什么拿，你就坐在这车里吧！”随和的海燕就坐到了朋友身边。这辆满载着 26 名新安职工的大巴上路了，紧跟着的是公司董事长和汶川县长的两辆小车，记者的商务车殿后。车队行至映秀镇还差一公里的位置时，突然狂风大作，山崩地裂。大巴车被巨大的泥石流裹挟着，翻着跟斗向山下坠去，在车子翻滚的过程中，8 名新安人被甩了出去，其中 3 人先后被飞石击中身亡，大巴车一直翻入谷底的河中，继而又被滚滚而下的泥石流深深掩埋……

噩耗传来，公司上下无不大惊失色。郑海燕的夫君和孩子肝肠寸断，半瘫痪的老母几次死去活来。多少人在祈祷，祈祷神灵救赎好人；多少人在盼望，盼望奇迹出现。

可是塌方体积太大，挖掘工作变得茫茫无期。十天过去了，一个月过去了，两个月过去了，仍然没找到那辆遇难的大巴。半年过去了，还是音讯杳无。对于死难者朋友们，亲属们，那是一种怎么样的等待和煎熬啊！直到 7 个月后，人们终于挖到了车子残骸。那天天气非常寒冷，在凛冽的寒风中，海燕的儿子根据皮带的扣子和断裂的眼镜框架，认领了面目全非的母亲。

我是在第二年12月14日的钱江晚报上看到海燕讣告的，那上面写着：新安化工报主编郑海燕在“5·12”四川大地震中因公殉职……

我的眼睛模糊了，那些字如飞虫，在我的面前乱舞……

第四辑

走进军营

走进军营（之一）

“瞎说瞎听，老太当兵。”这是我们家乡的一句俗话，意思是没有的事，姑妄听之。

可是省作家协会要组织我们“当兵三日”，去的还是大名鼎鼎的硬骨头六连所在的某部。

我说：“我们这一把年纪还当兵呀？我又那么胖，路也走不动，山也不能爬，怎能够上战场把敌杀？”朋友们都笑了，一个个劝导我说：“过了这个村，可没有这个店，不去当一回兵，你可要后悔的哟！”

我犹豫了好久，心想：自己这辈子好像什么都干过，还就没当过兵。虽然只有三天，没去这三天没准真会遗憾死呢！

于是就决定去。

喊着“走进军营，体验生活，向解放军学习”的口号，我们78位作家来到了杭州的部队驻地。

望不到头的橄榄绿，几里长的夹道欢迎队伍，一对长长的舞龙，两排热烈的腰鼓，锵、锣、鼓、钹一齐响，那个热情，那个隆重，让原本嘻嘻哈哈的我们顿时严肃起来，心头又浮上几丝惭愧。

放下行囊，立即换装，斑斓的迷彩服，三指宽的皮带，让我们又新鲜又兴奋。帽子还没有戴好，集合的哨子已经吹响了。

授旗，“天下第一师”的师长戚建国把飘扬着“某某部队作家连”的军旗交到了作协党组书记黄亚洲手中；授衔，老兵们替我们把肩章别到肩上；授枪，我发到一支锃光闪亮的、扎了朵大红花的冲锋枪。军人的神圣感、荣誉感油然而生。

接着，我们这一连新兵就被带去参观“硬骨头六连”纪念馆。在那里，我们听到一个个伟大战役的隆隆炮声，目睹了一名名赴汤蹈火的铁血英雄，同时也看到了残暴凶狠的、不同年代的、不同类型的敌人。忽然对魏巍的《谁是最可爱的人》，有了更深刻的认识和体会。

训练是严格艰苦的。任作家连连长的戚师长再三强调：“进了六连的门，就是六连的人。一切都按刚入伍的新兵要求来做，只是将那些进程浓缩在三天里罢了。”立正，稍息，向左、右看齐，向前看，报数，向左转，向右转，向后转，齐步走，正步走，跑步走。

都是作家，智商不算低，没几下就操练得像回事了。只是天公不作美，第一个下午就下雨了，大点大点的雨滴打在军帽上，“啪啪”地作响，又沿着迷彩服滴滴答答地往下掉。我个儿高，站了个排头兵，双脚总是踩在水洼里。可是大家都遵照命令，一丝不苟地屹立在风雨之中。

练习打靶的那天是个艳阳天，我们趴在地上，上晒、下烙，浑身热烘烘的，尤其是脸，烫得像着了火。我们轮流着，用步枪、手枪、轻机枪瞄准。摆弄手枪时最潇洒，可是瞄久了，那手臂沉甸甸地直想往下坠；练轻机枪时，两个肘子支在水泥地上，疼得人直咧嘴，可没有一个人愿意放弃这个不可多得的练兵机会。

那个下午正式打靶，那靶场又宽又大，安装了高高的安全围墙。一阵阵震撼人心的枪声，一浪高过一浪的欢呼声。我们好几个同志打出了“优秀”！回营时，大家高唱“日落西山红霞飞，战士打靶把营归”，不知是太阳的魅力，还是兴奋所至，每个人的脸上都泛着红光。

晨练，夜练，晚上的站岗，凌晨的紧急集合，一天到晚仿佛没个喘气的间歇。跑步的时候，我胸口就有紧迫的感觉，我对自己的心脏说：“挺住！挺住！千万别辱没这一身橄榄绿！”心脏果然争气，配合我跑完该跑的路程，一步也没有落下。

军人的风采，军人的品格。三天的体验、学习时间实在是太短了，马上就到了分别的时候。回去的车上，互相问起感受，比我年轻的朋友都说：“应该将孩子送来当兵。”我心想：真后悔让孩子错过了当兵的机会。

走进军营（之二）

八班长姓周，黝黑的皮肤，有棱有角的眼睛，身材不高且瘦，透着农村孩子的干练。有人告诉我说，周班长是安徽人。可他自己不承认，他把眼睛瞪得老大反问道：“谁说我是安徽人?”我说：“那你到底是哪儿人?”他不答。我就莫名其妙地以为他是个三省交界的山沟沟里人，因为贫穷落后，有一种家乡的自卑和忌讳。

作家连三排九个班，算我们的八班长最凶，训练场上，总是听到他那口很不标准的普通话：“不许说话!”“不许嘻笑!”“不许看脚!”我们累得人仰马翻地回到寝室，正待小憩一会儿，他那短促、强硬的吆喝声又起：“不许坐在床上!”就连吃了饭，我用碗接了点开水，他吼道：“把水倒掉，不许带回寝室里去!”

我们这帮“阿姨兵”们就在背后嘀咕：“真倒霉，碰上这么个不近人情的家伙!”

嘀咕归嘀咕，他的命令我们还得乖乖执行。为了少挨批评，我们总是嘴巴闭得紧紧，尽力把每个动作做得完美，即使在大雨中，烈日下，我们连眉头都不敢皱一皱。

教我们叠被子的时候，班长的动作敏捷而准确。我们学着他的方法，费了九牛二虎之力，自以为完成了件“好作品”，班长一看，马上否定说：“这么难看，打开重叠！”

我们一屁股坐在规定的小板凳上，再也不愿动弹了。他倒没生气，跪到我们的床上，抖开被子，又是捋又是抹，又是挖又是压，叠出来的被子有棱有角，连折进去的部位都有一条齐崭崭的对角线！我们欢呼道：“太漂亮了，睡觉都舍不得打开了。”班长一本正经地说：“那怎么行，睡觉不盖被子冻坏了怎么办？”

他还教我们整理脸盆，把毛巾叠得四四方方，连筷子都一律按45度摆在碗上，于是那几十个脸盆，就成了一道美丽的风景。于是“内勤卫生”的光荣榜上，就有了八班的名字。我们起哄道：“周班长，我们多给你争脸呀！”班长头一次笑了，露出了两个宽阔的门牙。

那一天练习瞄靶，班长那矫健的身影一次次在我们身边趴下，他的手里拿着个瞄准检查镜，在我们的枪上一插一插的，尽力把我们纠正得规范一点。手枪实弹射击开始前，我问班长你能打几环？他的脸倏地红了，说：“那是领导们的权利，我还没摸过手枪呢！”

班长上过家乡的土军校，17岁正式参军，今年才20岁，却已经是带过三轮新兵的老班长了。这个年纪，在城里还是个孩子，打打球，吹吹口哨，趿双拖鞋，含着冰棍压马路呢。可这位周班长，已经肩负了太多的责任和重担！于是我们心里就多了几分尊敬，几分疼爱，几分牵挂，几分沉重。总想着这些农村兵，如果提不了干，回去该干什么呢？

饯行的那顿晚餐，班长和我们同坐一桌，我们这班阿姨兵轮番向他举杯，他都喝了，却极少吃菜，端坐在那里看着我们吃，眼里流露出几分慈爱，仿佛我们是一帮馋嘴的孩子，他倒成大人了。

脱掉了军装，我们就肆无忌惮地叽叽呱呱开了：“班长，你开始为什么这么凶啊?”他露出两个门牙，老老实实地说：“我不凶，你们能听我的吗?”

分手的时刻终于到了，班长一直送我们到车旁，和我们一一握手道别，他的眼里漾着泪水，等到我们上了车，班长已经是泪水滂沱了，他像一个小孩子般用手背揩泪，左手往左揩，右手往右揩，那不听话的泪水却越揩越多，直揩得整张脸都红彤彤、湿漉漉的了。

三排长跟我小儿子同年，都是24岁。

把作家连二十余名“阿姨兵”交给三排长时，我想他肯定是头疼了一阵子。

三排长姓王，毕业于某军校。他身材颀长，五官端正，皮肤微黑，嘴唇鲜红。总之，是个健康、英俊、有气质的小伙子。

第一次列队，面对我们这帮东张西望、叽叽咕咕的婆婆妈妈兵，王排长把脸孔板得紧紧的，他训导我们说：“走进六连的门，就是六连的人。这三天里，第一，你们要严格遵守纪律，服从命令听指挥；第二，要认真刻苦训练，每个项目都要拿第一。他特别强调说，我只要第一，不要第二！”

他是担心我们拖全连的后腿，给他丢脸呢！

第二天早晨，天还黑沉沉的，我们就提前起来搞内勤，排长、班长立马就进来了。我心想：敢情他们睡不着觉，早就候在我们门外呢！他们帮着我们把面盆摆成图案，把被子修整得有棱有角。于是，内勤卫生的光荣榜上就有了我们的名字。有人就嚷嚷：“王排长，我们给你争到第一了！”

王排长似乎笑了，但那笑容立即就收敛在他的嘴角。

那一天，练习打靶，短短的一天时间，我们必须摸遍手枪、步枪、轻机枪。排长班长都很忙，带着我们穿梭在各个打靶场上，他们率先垂范或趴或站，给我们讲解打枪的要领。我们便不敢怠慢，太阳烤得人身上冒火，头上冒烟，双肘抵在水泥地上磨掉一层皮。正式打靶时，楼奕林她们打出了“优秀”，当部队首长高度赞扬女兵排时，我们欢呼又争了个第一！年纪和模样儿最小的王英姿就跑上前去给排长献花，排长的脸上洋溢着笑容，却坚决拒绝了那朵做工考究的大红绸花。

那个午夜，女兵们自告奋勇地去站岗。夜色朦胧，树影摇曳。忽然，我们发现不远处的树荫下有人背靠树干席地而坐，那场景很美，很富诗意，有点“十八岁的哥哥坐在小河边”的模样。但女兵们还是警惕地喝道：“哪一个？”

原来是我们的王排长！我顿时明白了：别看我们荷枪实弹收腹挺胸神气活现的，真的有了情况，哪儿对付得了？排长他是提着一颗心，一直在一旁守护呢！

他每天能睡几个小时的觉呢？于是，我想起军营生活的清苦，想起摸爬滚打的艰辛，想起他们的自觉自律，想起他们对我们“阿姨兵”的关爱和呵护，想起一旦发生战争，他们必定毫不犹豫地冲锋陷阵，用血肉之躯保卫国家领土和人民的生命财产！

我想起“优秀”两字，优秀的营盘优秀的兵，优秀的硬骨头六连育出优秀的人。

可就在最后那天的凌晨，我们全排女兵差不多全生排长的气了。

有消息说，那个凌晨要紧急集合，就是说要在十来分钟内整好全部行装，带上枪弹、铁锹、爆破筒、米袋、锅碗瓢盆，拉出一支能睡、能吃、能挖掩体、能打硬仗的队伍。短短十分钟的时间，我们根本就来不及。于是我们提早起来，摸黑把一切收拾妥当。这时候，排长那年轻的嗓门在窗外响起：“女兵们今天不集合，打开被子，睡觉！”我不放心地问：“真不集合了？”排长肯定地回答：“真不集合了！”

于是我们松了口气，同时松开被子重新躺下。刚刚迷糊过去，尖利的紧急集合哨就吹响了，我们一骨碌翻身起床，一边气急败坏地抖着那纠缠不清的绳带，一边恨恨地嘟哝着："骗人，排长骗人……"

最后的那个烈日当空的正午，省委领导和作协头头们坐在一师的阅兵台上，检阅我们的队伍。当女兵们飒爽英姿地用规范的动作完成全部操练程序时，全场欢声雷动。我们一位女兵手执红花再一次跑到排长面前，这一次排长没有再拒绝，而是让"胸前的红花映彩霞"了。

当兵三日基本结束，我们奉命回营地换装。刚踏进寝室的门，排长突然喊道："全排集合，立正！"

这时候还立什么正？我们狐疑着，但还是齐齐整整地站了队。

"我为你们自豪！"排长说，"三天的时间里，你们像年轻的新兵一样遵守纪律，艰苦训练，严格要求自己，你们样样都争了第一，没有第二！"他停了一下，脸色变得严峻起来，"你们都是有知识、有思想的作家，按年龄都可以做我的母亲、阿姨，但是有的话，我本不该说，可既然你们还没脱下军装，我还得说几句话，我们的第一是有水分的，比如那叠被子。所以今天凌晨我欺骗了你们，但是这欺骗是善意的，是为了真诚，为了真实的成绩，真诚地做人……"

我们被震撼了，肃然起敬，对这位24岁的小排长，对这个显得那么崇高，那么纯净的军营。

"我送过四批老兵，可从来没有像今天这么难过。"排长继续说，他的眼里，透着掩饰不住的留恋和温情。

换了装，排长喊了我声"阿姨"，大概是想起远方的亲人，眼圈有点儿发红。

最后的那顿饭，吃得热烈而庄重。女兵们以“班”的形式坐桌。排长被这张桌的“兵”拉过去，又被那张桌的“兵”拖过来，在“排长我爱你”的欢呼声中，排长的眼睛湿润了。

当戚师长高举起酒杯，建议全体官兵为以前光荣阵亡的士兵祭酹时，全场顿时鸦雀无声，几分钟之后，《送战友》《血染的风采》的歌声，一浪高过一浪。我看看这些最可爱的人，想起了从前老区的大娘、红嫂，想起朝鲜战场的阿妈妮，懂得她们在紧急关头，为什么会舍生忘死地去掩护、营救我们的子弟兵……

我们终于要走了，送别的队伍竟绵延几里。天阴沉沉的，仿佛是承受不了这份隆重，承受不了离别的伤感。我一边走，一边用眼睛搜寻我们的排长。刚走到车旁，只见男作家和军人们一对对哭泣着搂作一团。我没有流泪，多少年来，自以为我的心已经被生活磨炼得坚韧、冷峻，磨炼得“不以物喜、不以己悲”了。我只是穿梭在人群中，寻找那个多愁善感的王排长。我差不多是最后一个上车的，一位班长告诉我：“三排长怕控制不住自己的感情，不来了！”

我的心颤抖了一下，一边固执地想：不会的，他不会不来送别的，否则他就不是我们的王排长了。

我趴在车窗口，凝望着站成长长的夹道的橄榄绿。远远地，我发现一个身影，凭直觉，那就是我们的排长。我脱口就喊：“排长来了！”一车的女兵全趴到了窗口，那身影渐行渐近，果然就是我们的排长！我们挥手高喊排长，排长跑步过来，可是在离车子 20 米的地方，他站住不动了。我想起那位班长的话：他是怕控制不了自己的感情……

我们齐声呐喊：“排长过来！排长过来！”禁锢多年的泪珠夺眶而出，沿着我的脸庞跌跌撞撞地往下滚。排长显然犹豫了一下，终于跑到了车边。一双手，两双手，三双手……许多双手紧紧地攥在一起，再也不肯松开。

一声炸雷，暴雨如注。汽车开动了，趴在后车窗，我们看见排长和全体官兵都一动不动地站在暴雨中，向我们注目送行。每个人脸上都湿淋淋的，分不清是泪还是雨……

绿色元宵

今年2月2日，我在杭州参加一个会议。因为想念官兵们，这天傍晚，我驱车来到了部队营地。官兵们以异乎寻常的热情欢迎了我。原作家连陈指导员（真正身份是硬骨头六连所在营的教导员）说："欢迎老兵归来！"我觉得脸上发烫，说："我才当三天的兵，算什么老兵呀。"六连的刘指导员大着嗓门说："进了六连的门，就是六连的人；出了六连的门，还是六连的人！"

我惭愧有余，同时也觉得荣幸和温馨。这些兵，这些最可爱的人！长江的洪灾，他们整整在水里泡了四十六天，多少热血和汗水洒在大堤上；我们台州铺设光缆的时候，一位排长把自己年轻的生命永远地留在了大溪岭上。

我和原先带我们女兵排的排长小王特别投缘。我喜欢他的一丝不苟和拼命精神，赏识他的政治水平和忧患意识；他也在我身上发现了他母亲的影子。这位属虎的、比我家老三还小半岁的小伙子，后来给我的每封信里都称我为"母亲大人"，这让我感动万分又诚恐诚惶，我何德何能，凭空得了这么个优秀儿子？一份牵挂从此牢牢地萦系在我的心头。此刻他站在我面前，一个标准的敬礼，紧接着是一声"妈"喊得我心里甜甜的、酸酸的，眼窝热热的直想掉泪。

他瘦了，脸上带着些许疲劳和憔悴，右眼上睑腺炎“乘虚而出”。我打听了他的体重，知道比去年轻了九斤。他才二十四岁半，应该是初阳般鲜润、牛犊般结实呀！

去年八九月洪涝猖獗，六连的官兵们一直鏖战在九江的大堤上，小王扛石头时被砸伤了，脚脖子处皮开肉绽，不仅鲜血直流，还露出了白厉厉的髁骨。他没吭一声，和战友们连续六天五夜沉浮在洪峰恶浪之中，抢救灾民的生命和财产。这一切，他都瞒着没告诉过我，是省作协慰问团的同志回来偶然说起的。当时，他们除了眼白和牙齿是白的之外，其他地方都被灰不溜秋的泥巴糊住了。当追踪的记者把摄像机对准他们，他们拿毛巾想揩一揩泥猴般的脸，才发现那六天五夜没用过的毛巾已经发臭了。

抗洪结束后，我提着的那颗心才稍稍放下，小王却把抗洪纪念品、奖品都寄给了我：一块标着“献给新一代最可爱的人”的手表，说是孝敬给我这位妈的；一套精致的、修脸修脚剃须工具，说是孝敬给爸的。我又一次被震撼了，我不敢收下这份太重、太昂贵的礼品，因为那是用他的鲜血和健康换来的。他生气了，在信中写道：“莫非因为我不是你亲生的儿子？”

我还能说什么呢？我更诚惶诚恐了，生怕辜负了他一片孝心，生怕亵渎了这一份亲情。

他被提为硬六连的副连长后，更忙碌更辛苦了，白天带着战士们摸爬滚打，晚上读书钻研军事技术，捉摸着怎么带出一支高素质的、有强大战斗力的队伍。他每天都凌晨一两点钟睡觉，其间还要两次起来查夜查哨（这个，我们在“当兵三天”时早就领教过了）。

刘指导员告诉我，抗洪救灾回来，许多战士一直感冒，刘指导员最近才刚刚好起来，而我那这个干儿子至今尚未完全恢复健康。

我的心隐隐作痛，便数落他。

“没事，年纪轻轻的苦点累点没事。”他说，“没病，我健康着呢……不把这帮年轻人带好，我怎能安心……”小王用他那因为长期感冒和睡眠不足而沙哑的嗓音回应我的担心和唠叨。

“他们年轻，你又有多大？”我又疼又有点儿生气。

“他们是新兵嘛，我要让他们尽可能少想家，好好学习，好好练兵，做一个名副其实的硬骨头战士……”

天晚了，我起身告辞。陈教导员和刘指导员都说：“老兵回连队，哪有不吃饭就走的道理！”我犹豫着，小王说：“妈，今天是元宵节，跟我们一起过节吧！还请你看看我带的兵。”

我的心一动。啊，元宵节，又是一个正月十五，又是一个万家团圆的日子！而这些为了保卫祖国、保卫普天下的妈妈们而不能和亲人团圆的孩子们却不能回家……我留了下来，和这些离家千里的兵们共进晚餐。

走进饭堂，只见百余名战士齐刷刷地站队，立正，敬礼，用青春活力和热情拼命地鼓掌。接着又吼歌（我常常把兵们那种唱法叫作吼）。一个个圆溜溜的脑袋，一张张朝气蓬勃的脸，一对对神采奕奕的眸子，一个个挺拔如松的身子。毋庸置疑，这批刚刚入伍的新兵心态颇佳，身体壮实。我想，小王他们的精力没有白费，他们用自己的智慧和体力带出了一批身心健康的新兵，还有什么比这个更让人欣慰的呢？

五分钟后，战士们已经吃好饭在收拾餐桌了。元宵节又恰逢星期六，教导员的爱人打来电话，让他回家去过节。于是教导员和小王上了我的车，向着二十里外的另一个营地驶去。

教导员的家前不着村后不着店，军嫂一人带着两三岁的孩子孤孤单单地住在这，就是上一趟厕所，也得提上应急灯上坎落坡地走一程子。我这才切切实实地感悟到：军人所作的奉献和牺牲，绝不仅仅限于军人本人。

军嫂朴实无华，落落大方。碗里的元宵已经凉了，却有绿、白两色。我指着绿色的问怎么有两种颜色，嫂子说："清清白白，一清二白！"

好一个清清白白、一清二白！军嫂却有点遗憾地说道："拖着个孩子走不远，摘不到'菁'，只好弄点麦苗捣碎挤汁。来，尝尝！"

我从来没见过这种绿色元宵，也没听过这种说法。难道这也是我们部队、我们嫂子的一种创举吗？我们一人吃了一个，是那种实心的、没有一点馅儿的汤圆，带着春天的生命力和朴实无华的清香。

送我回宾馆的路上，坐在后座的小王一直在听我的关于合理安排时间、身体是革命的本钱的"训话"，我每说一句，他必答应一声"妈，知道了"或"妈，我记下了"，答应得我心里柔柔的、暖暖的。我说："这会儿倒乖。"他伸过脑袋娇憨地说："不乖，妈你会认我这个儿子吗？"

唯有这个时候，他才真像一个做儿子的。

但愿他能认真地调整作息，可别对我"阳奉阴违"。

这个不寻常的元宵节，将永远刻在我的脑子里，再也不能抹去。

兵儿子

抗洪回来，也许是疲累太甚，也许是新任硬骨头六连副连长的工作劳心劳力，他的身体一直没恢复好。轮到他休假，我让他到我家来，一来期望着能用台州湾的海味儿滋养他，二来想从椒江给他挑个好媳妇。

儿子进了家，给我们带来了勃勃朝气。每天清晨，他随着轻快的音乐，在阳台上锻炼，他练得很投入很卖力，不达到部队的那种效果决不罢休；傍晚，他牵着我们的手去散步，絮絮地给我们讲外头的见闻和自己的心事。

春节联欢晚会有首歌叫《常回家看看》，节后他曾来信说，他不在我们身边，不能给我们“捶捶后背揉揉肩”。这一次他来了，只要有机会，他必定会站到我们身后，弥补之前的遗憾，让我们享受他的孝心和温存。

饭碗总是他洗的，地板总是他拖的，垃圾桶都是他倒的。皮鞋是他擦的，拖鞋是他洗的，连抹布也洗得干干净净铺得平平展展。一家人的衣服更是他洗、他晾、他收、他叠的。老头子对着自己那些被叠得四四方方熨熨帖帖的衬衣，惊叹说：“简直跟新买的一模一样。”屋子变得从未有过的窗明几净，书架变得从未有过的齐齐整整。一架用了七年脏兮兮油腻腻的电风扇，我和老头子弄了几次就是打不开罩壳而无法清洗，却不知什么时候让他弄得里里外外铿光瓦亮纤尘不染。不断增加的盆景鲜花，使得屋子生机盎然香气四溢。

那几天我出差在外，老二媳妇送了孙女过来，小丫头从来不肯好好吃饭，更不会把整根面条吸溜进去。我先生事后告诉我说："兵那个细心，右手拿筷子把面条夹到左手的勺子里，又是哄又是劝，居然把一碗面条都给喂了下去。还把我孙女的小脸、小手、小脚洗得清清爽爽。"

那些天我有点儿头昏，他坚持给我量血压，并俏皮地说只要是他量，我的血压肯定会变得正常；我先生感冒了，他定时给冲好板蓝根冲剂外加两颗感冒清胶囊，一次次送到床头。于是我和老头子感叹："军营真是个神奇大学校，会把孩子教得如此勤劳能干，如此体贴入微。"

他看的书很多，古今中外，文学、哲学、政治、历史、经济、军事。他跟我对话，知识面之广，常常会让我这个老妈自愧不如。他痛恨腐败，忧国忧民。

小小的年纪，他的心理负荷太重了，肩膀负担太重了，重得让我们心疼。

我和老头子就要他放松，尽量放松。同年的三哥拉他去唱卡拉OK，玩扑克牌，打保龄球，学开汽车，当然，还有和姑娘见面。毕竟是25岁的孩子，只有在这种时候，他的活泼、淘气、幽默全都被激发出来了，让我们觉得欣喜和快慰。

假期才过一半，部队打来了电话，要他立即归队。军人以服从命令为天职，我们留不住他，也不该留。

分手的时候，《阿妈妮之歌》《太行山上》和《共青团员之歌》那些旋律老是在我心中萦绕，让我感慨万千。

兵儿，什么时候再回到爸妈身边来？

第五辑

家乡味道

我们的龙舟

琥珀色的粽子

鹊桥仙

上半街那间书店

…………

我们的龙舟

端午节快到了，龙舟鼓咚咚地响了，大人小孩儿的心都怦怦地跳。

我们的龙舟，是指我娘家乐清柳市一带的龙舟。雕刻得非常精致的龙头龙尾，彩绘得五彩斑斓的龙身龙鳞。三十六个座位三十六把短桨，头尾各配长艄一把，还有司锣、司鼓、司旗各一人，加起来共四十一人。

长艄是特别长的桨，并不划，只是架在船后当舵用，有了长艄，龙舟才能稳稳地前进，不会因摇晃而影响了速度。

不是哪里的龙舟都有资格配置长艄的。郑家湾郑氏是大姓，他们的祖宗叫郑畋，十八岁就是会昌进士，历任兵部侍郎、吏部侍郎和司空平章事。《唐诗三百首》还选了他的《马嵬坡》:

玄宗回马杨妃死，
云雨难忘日月新。
终是圣明天子事，
景阳宫井又何人。

郑畋原籍河南荥阳，致仕后，隐居到乐清象山脚下。有这么个老祖宗在那里撑着，我们的龙舟自然比别人的高出一筹了。

别处的龙舟很渴望得到一支长艄。他们备好了香烛酒菜，把龙舟划进了郑家湾，举行了一个隆重的拜谒仪式，认了郑家湾的龙舟为干爸。郑家湾人高兴了，就赐他们长艄一支——仅仅是一支而已，绝没有两支的。对方已经很满足了，带走这支长艄，子子孙孙都可以夸口。

持长艄的人，兼做“蹿龙头”工作。蹿龙头是高难度动作，首先得有极好的弹跳力，当然也得有极好的平衡能力。他每一蹿都蹿得高高，这时龙舟已前进几米，他得计算好距离，保证稳稳落下。蹿起，落下，再蹿起，再落下，和三十六支划桨配合得十分默契，让龙舟如虎添翼，飞快地向前射去。

我娘家住的地方有宽大的河流和浩渺的湖泊。否则，龙舟难有用武之地。龙舟出行，有做独龙表演的，有双龙争强三龙斗胜的，也有四龙五龙战得难舍难分的，最排场时，十条龙舟齐头并进，龙头昂得高高，龙尾潇洒飞扬。健儿们奋力地举桨落桨，动作整齐划一，掀起了惊涛骇浪，云起雾缭得连人影也看不清了。两岸人山人海，摇旗呐喊的，欢呼雀跃的，还有发痴发癫的。那种盛况，可以和世界上任何激烈的体育比赛相媲美。

有一年端午节我回娘家，车子到达柳市那条长百余米的公路桥上，忽然不动了。探头看看，桥面上是一溜长蛇般的车队。原来桥下的龙舟鏖战正酣，司机们停了车，乘客们都争先恐后地下车扑向桥栏，尤其是外地的客人，他们惊喜地欢呼着，庆幸自己遇上了这样壮观的场面。

我们的龙舟，比别处的龙舟剽悍矫健得多。我看南京秦淮河的龙舟，像一口碗，才十二把桨，好像一个还未断奶的孩子；三亚的龙舟，是十四把桨，虽然披红挂绿，但还是让我感觉像是一个小儿出来玩玩而已；韶关的龙舟，有二十把桨，龙身倒也不短，但总感觉瘦弱纤巧，不堪委以重任似的；香港的龙舟人数不少，但龙头龙尾被简单化了，看上去有些奇怪。其他地区有二十四把桨、二十八把桨的龙舟，有的造型简陋，色彩灰暗，而且没有司旗司锣，显得有些冷清。更没有蹿龙头的弄潮儿，跟我们的龙舟相比，缺乏阳刚之气，缺乏那种奋勇夺冠的能量和豪情。

每年过了春节，我们的龙舟就要从“龙舟屋”里被请出来，进行一番仔细的检修，工欲善其事，必先利其器。农历四月，龙舟训练就开始了。下水的那天，锣鼓喧天，炮仗动地，点香燃烛，祭拜天地，祭拜河神和龙王。有结婚、添丁或考上大学等喜事的人家，都要扯上两丈红绸，给龙头龙尾披红挂彩，把龙舟打扮得喜气洋洋的，也给自己企求快乐和吉祥。

划龙舟的都是精壮汉子，智力和膂力都十分了得。司鼓是总指挥，来不及出门的人，只听鼓点就知道龙舟在干什么，“咚，咚，咚咚”，鼓声平淡，龙舟只会在赶路。密密的一串长音，是龙舟转桨了——龙舟从不掉头，只是转桨，健儿们一齐抬身，齐刷刷地一百八十度转身，齐刷刷地重新落座，龙尾朝前，逆向前进。鼓声激越，如马蹄，如急雨，我们就知龙舟正斗得如火如荼。鼓声如狂飙，如雷霆，那就是我们的龙舟大获全胜了。

划龙舟是非常辛苦的运动，也是非常有趣的娱乐。我们的龙舟划到哪里，哪里的村民就放炮仗迎接，他们用几个大盘子，把酒菜、粽子、香烟等送到河埠头，慰劳我们村的健儿们。

司旗的人绝非寻常。那旗很大，旗杆很长，吃着风，在船头站立都困难。可是司旗的能把旗帜打出花样，打得猎猎作响。他左边一划，右边一兜，那面旗比一支桨还管用，拨着龙舟向前蹿去。

农民长年从事农业劳动，肩膀、腰板、四肢久经磨炼，强壮得很，只有臀部薄弱。可龙舟恰恰是坐着划的，屁股磨损得厉害。那时候村子里没有药品，唯我家备有红汞、碘酒和紫药水。烂了屁股的邻居们都跑到我家，我用棉签蘸些药水一一递过去，让他们把屁股涂得五颜六色。

豆腐佬阿三每天清晨挑着他的豆腐担子，走村串巷地叫卖豆腐。龙舟比赛的日子，他不走大路专走河岸小路，我们村的龙舟划向哪里，阿三就跟到哪里。太阳很毒，他总是戴着一顶破草帽。听到有人喊买豆腐，他歇下担子，一边划拉方块，一边吹嘘我们的龙舟怎么怎么雄壮。可我们的龙舟也并非百战百胜，赢了，豆腐佬就把草帽推到背后，扬起一张志得意满的脸；输了，他连豆腐也没心思卖了，把那顶破草帽扣得低低的，灰溜溜地回村了。好像他就是龙舟，龙舟就是他，输了就没脸见江东父老了。所以，我们的龙舟这天在外胜败如何，只要看豆腐阿三的破草帽就知道了。

划龙舟的日子，是村子里最和谐最团结的日子，哪怕恨得几年不说话的，哪怕刚刚打得头破血流的，只要上了龙舟便拼尽全力，同仇敌忾。男人在外头赛龙舟，女人自觉地做好后勤服务工作。大太阳烤着，热吧？一天到晚拼命划桨，累吧？争强斗狠，上火吧？还有那皮开肉绽的臀部，发炎吧？女人就在家熬绿豆汤，加上冰糖，放凉了，等丈夫、兄弟或者儿子回家狠灌一气。

我们村许多厨房临河而建。那一天，焕嫂正在窗下搅着一大锅波浪滚滚的绿豆汤，我们村的龙舟和邻村的龙舟拼上了，她的丈夫和两个弟弟都在船上，一个个拼上命去划，可两龙相持着不相上下。焕嫂那个着急啊，她一边挥舞着勺子，一边尖叫呐喊：“加油！加油！再再加油！”龙舟划过去了，一大锅绿豆汤，全被她泼到地上去了。

如今，我们的龙舟，早就划出国门了，在国际龙舟大赛屡屡获奖。不信，你去我们郑家湾看看。

琥珀色的粽子

今年有人要写一本有关美食的文章，菜名中有一道“蜊灰粽”。我吃了一惊，难道蜊灰还可以用来包粽子？或者说，这蜊灰掺了水还可以用来煮粽子？

我百思不得其解，遍访亲戚朋友，也没有人能说出个子丑寅卯来。于是我想，莫不是我们家乡用灰汤煮的粽子？这蜊灰的“蜊”，纯属笔误。

乐清人煮粽，的确是用得着灰汤的。这灰还大有讲究，一定要早稻秸烧下的灰，晚稻秸、麦秸、豆秸都是不行的。将早稻秸灰装在用竹篾编的、细密的大畚斗里，把大畚斗架在大水桶上，再烧两大锅开水倒在灰里，冲淋下来褐色的热水就叫“粽灰汤”。这灰汤碱性重、香味儿浓，农村里常用它洗涤衣物和头发，洗得特别干净。

这里我先作个谜让各位猜，谜面是“斗米扼个粽”，打台州一个镇名。这个谜，外地人肯定是猜不着的，因为外地人不知道台州有这么个小镇，而且这里有一个字的读音，也和别处不同。严格说来，这个谜应该算是粉底格，因为谜底最后一个字是“白字”。我不再饶舌了，且把谜底告诉大家吧，是“箬横”。这个“横”，台州、舟山、温州等地都有人念“王”。一斗米包一个粽

子，不是“箬之王”怎么能包得过来？

再说包粽子吧，那粽箬一定要挑选新鲜光滑的，而且要煮得软软的，包起来才不至于断裂，系粽子也应该用新鲜的棕榈叶子。将它们洗净，抽去棕榈叶子中间那条硬硬的“筋”。它们都有一种天然的味道，会让粽子变得更香更有味道。乐清人一点儿也不看好那些用纱线扎的粽子，首先，这线扎的已经失去了原始的技术性；其次，谁知道那些线有没有毒？

粽子的主要成分是糯米，再就是按各家喜好，在里面加些红枣、蜜枣、火腿、鲜肉、豌豆、板栗等料。三年困难时期，我家的糯米少得可怜，妈妈把番薯切成一小块一小块，当作粽子馅，既节约了粮食，还别有一种风味。现代人条件好，人们挖空心思地在粽子馅里搞花样，我亲家外婆送我几个粽子，馅是干贝和鲜肉，非常好吃。

包粽子是个手艺活儿。只有巧妇才能包得四角尖尖，粒米不漏。在锅里翻来覆去也不会散架。我们小时候都学着包粽子，先用粽箬相交成一个夹角，那模样就是个小小的畚斗，再把洗醒过的糯米装进去，然后一手提着这沉甸甸的小畚斗，注意，这时候最容易散了，另一只手在小畚斗底下拍几下，让粽子包得结实点儿，然后将多余的箬扼转，再扼转，把糯米紧紧地裹在里面，最后用一根棕榈叶子扎紧。只一圈，清清爽爽。不像外头卖的那些粽子，七绕八绕的，把好端端的粽体绕得乱七八糟，一点儿也不美观。

扎粽子多余的棕叶，五个一组编一条小辫子，两组中间用一条辫子连起来，这叫作“一把”。这样煮熟的粽子，可以拎着走亲戚送人情，不需要任何篮子袋子，就是自家一时吃不完，也可以一把一把地搭挂在竹竿上，晾在通风的地方，十天半月都不会坏。

将包好的生粽子一把一把地泡在粽灰汤里，过会儿给它们翻一次身，让粽子的每个角度都吸透了粽灰汤。煮粽子一般在晚饭后，把泡好粽灰汤的粽子一把一把提到大铁锅里，戴上围脖一样的薄竹圈子，放上足够的水和粽灰汤。然后在灶洞里架起柴爿，熊熊大火烧煮一个小时后，开锅将粽子上下换位，再慢火烧一个小时，然后不再加薪，只让余火保持着粽锅里的热度。

第二天早晨就是端午，一起床我们就争先恐后地去揭开锅，提出一把翠青青的粽子来，那些粽子热乎乎的，又不烫手，我们剥开粽箬，看见的是琥珀色的、半透明的、四角挺翘的粽子，那些粽子又香又糯，烂熟得连米粒都分不出了，咬一口，咂一声，特别带劲儿。

泡了粽灰汤的粽子有特殊的香味，又易于消化，吃再多也无妨。

我最讨厌店里出售的肉粽，那些粽子的猪肉浸足了酱油，包粽子时，又把剩余的酱油全拌在糯米里，酱油味儿压倒了一切，粽香味儿全都被掩盖了。这样的东西，只能叫酱油糯米饭，算不得真正的粽子。

鹊桥仙

提起七夕，许多人会想起那首脍炙人口的《鹊桥仙》：

纤云弄巧，飞星传恨，
银汉迢迢暗渡。
金风玉露一相逢，
便胜却人间无数。

柔情似水，佳期如梦，
忍顾鹊桥归路
两情若是久长时，
又岂在朝朝暮暮

有个词叫作“经典”，现代人用得随便，很泛滥，其实，天下哪来那么多的经典？倒是这首《鹊桥仙》可以算是经典，尤其是最后两句。

鹊桥一年一渡，那一晚就叫七夕，这个节日又称乞巧节、女儿节和少女节。

这个节日的由来显然和牛郎织女的故事有关。越剧《红楼梦》的《金玉良缘》唱段里有句词："牛郎织女七夕会啊！"徐玉兰唱得多么心旷神怡，多么声情并茂，让人为之心动。

从前在乡下，只要是晴好的天气，我们用肉眼可以清清楚楚地看见牛郎星、织女星，它们分别在银河的两岸，遥遥相望而永不能相聚。"牛郎星"又叫"扁担星"，三颗星星拉成一条线，中间最亮的那一颗就是痴情的牛郎，两头的是他挑着的一对儿女。在他们面前，有一个钝三角的星座，看起来活像一根弯弯的短木，那就是架在牛脖子上的轭。而另一岸的织女星座，则是由四颗星星组成的菱形，那模样颇像一把织布的梭子。

王母娘娘被人咒骂了千万年，她不但用一根簪子划出了滔滔银河，把牛郎和妻子硬生生地分开，她还拆散过七仙女和董永。我不知道这个老女人为什么这么坏，对女儿、对外孙女的爱情，如此深恶痛绝？

七夕这一晚，天上的星星最为明亮，最为繁多，仿佛是为牛郎织女一年一度的相逢张灯结彩。

民间传说，七夕晚上拜拜织女星，女儿家都会有一双巧手，会纺织绸缎，能描龙绣凤，更会做各种各样的好衣、好裤、好菜、好饭。

七月初七，好多地方称作七巧节。君不见酒友们喝得高兴，手之舞之，足之蹈之，口里狂呼："六六顺啊！七七巧啊！"这"七七巧"，就是从这个故事里衍生出来的。

《红楼梦》里王熙凤的女儿是七月初七生的，就取名"巧姐"；五十年代有部电影叫《刘巧儿》，新凤霞演的，很有名，前些年一部电视剧的女主角叫七巧，电视剧好像是张爱玲的小说改编的。她们都和七月初七有关，确切地说，她们全是在这个日子降临到这个世上的。

两个七碰在一起叫"七巧"，而两个二、两个五、两个六、两个九碰在一起也是节日，怎么就不叫"二巧""五巧""六巧""九巧"呢？

我想，这首先和“乞巧”有关。在男耕女织的社会里，织女应该是善织能针的妇女典范，女孩子为了掌握机织、针绣的技巧，必得虔诚地向织女学习。所以在七夕之夜，往往在庭院里摆上点心瓜果，点上香烛，乞求织女把手巧的秘诀传授于她们。“乞”“七”同音，民间把乞巧唤作七巧也在情理之中。

当然，乞求的还有爱情、婚姻。女人是为爱情而活的，她们盼望找到个如意郎君，盼望致死不渝的爱情，所以，七月初七，如今也成了中国的情人节。

这一天，还有一些浪漫的细节，如用木槿叶捣汁洗头，头发洗得又黑又亮，用凤仙花染指甲，所以有“要染纤纤红指甲，金盆夜捣凤仙花”的佳句。

中国之大，民族之多，习俗也不一样，听说这天有种巧花的，做巧菜的，吃巧食的。但我们家乡这一天要做“巧人”和“巧饼”。“巧人”是用大米磨成的米粉，放点儿红糖，捏成一男一女的形状，再在锅里烙熟。

这个习俗得退回到端午说起。端午节，女孩子们做香囊（指丝线扎的、穿着彩珠、挂着流苏的那种）、做粽子，稀奇的是，我们还得编一种“巧绳”，用七根七彩丝线，一头打个结，拿一根粗针穿上，然后把一根根丝线分开，分别在针上绕个扣儿，若是一路绕下去，就是根螺旋形盘旋向上的巧绳，若是一个回合左绕，一个回合右绕，那巧绳儿就一波一浪一折一回的，同样往上递增，还有把巧绳打出莲心，打出枣眼的，就看哪家的女孩儿更聪明更手巧了。

端午节那天，家家户户的巧女们，把编好的巧绳系在小女孩儿的手腕上，祈愿女孩儿将来有一双巧手。这巧绳在腕上一戴就是两个月零二天，中间不许拿下来。直到七月七这一天，才把这巧绳剪下，和一对的“巧人”“巧饼”扎在一起，扔到屋顶。有人说，这是让牛郎织女成双作对，永不分开；也有人说，巧饼是给喜鹊补充能量的，巴望它们精力充沛，晚上把鹊桥搭得更快更结实。

上半街那间书店

那时候我十一二岁，在故乡的县城上初中。

我们是住读生，每逢星期天，就特别想家。可由于家蛮远，坐不起小火轮，步行一个单程就得大半天，所以我们并不经常回家。

星期天干什么？总不能还是啃课本吧，否则算什么星期天？那个上午，我在礼堂旁边玩了会儿高低杠和平衡木，然后又跑到操场上，那儿只有一根孤单单的荡木，我孤单单地荡了一会儿，又去金溪边玩水，数了会清澈见底的溪水里那些又瘦又小的鱼，才把上午给打发掉。吃过中饭，就百无聊赖地朝街上走去。

街上的商品琳琅满目，发夹、头绳、糖果、花生强烈地诱惑着我，可口袋里没有几分钱，就这几分钱，还得在关键时刻派关键的用场，哪好随便花掉？

我踅过来，踅过去，于是看到那间不起眼的书店。

一间门面房，门楣上书“新华书店”字样，上几级台阶，才发现店堂颇深，因为深，里面就显得暗。长长的两面墙壁，都是书。三三两两的顾客伸手拿下架上的书，翻阅着。我知道那些书不属于我——哪怕是其中最小最薄的一本，所以不敢随便动。

店员是一个二十多岁抑或是三十来岁（那时节我还没有这方

面的判断能力）的男子，样子儒雅，面相恬淡，恬淡得几乎没有表情，也听不到他发出什么声音。整个书店总是笼罩在一片安详的静谧之中。

最里面的墙脚有张长桌（或许是两张方桌拼起来的），平放着一些巴掌大的花花绿绿的小戏考，有《打猪草》《天仙配》《宝莲灯》《三娘教子》《血手印》《刘海砍樵》《九斤姑娘》《柳毅传书》《盘夫索夫》《高机与吴三春》《梁山伯与祝英台》等，越剧、京剧、瓯剧、黄梅戏等种类齐全。

我将自己的双手在裤腿上揩了揩，小心翼翼地拈起一本来。我看了看那个店员，他并没有阻挠我的意思，或者说根本视而不见。于是我先翻漂亮剧照，接着读词儿。初中一二年级的学生，已经能感受到那唱词的精彩，故事的美丽了。随后我就被剧情牵着鼻子走，一会儿痴痴地笑，一会儿偷偷地落泪。不管我的情绪如何波动，我始终提着一颗心，怕店员呵斥，怕他剥夺我无偿读书的权利。当然，我尽力维护着手中书本的清洁，不让它有一点儿折痕，一点儿污迹。

我在那张桌子旁一站就是半天，越来越弱的光线迫使我不得不抬起头来，发现整个书店就剩我和那位店员了。墙上挂钟的长短针，指示着早就过了下班时间。我赶紧放下书，心怀歉疚地从他身边走过，只见他全神贯注地整理书架，一点儿也不介意我耽误了他下班。

往后的星期天，我变得充实极了，我一天到晚待在那间书店里，那里给了我太多的欢乐与慰藉。那些戏考也被我翻遍了，翻透了，我不敢用那个“烂”字。许多章节、台词我都能背下来了，那些故事，我也不知道向同学们复述了多少遍。

有阵子，学校安排“劳武结合”，对于我们来说，当然是只有“劳作”而不让“练武”的，我们没日没夜地泡在水田里，泡得幼嫩的手全都烂了，累得柔韧的腰都直不起来了，被日头晒焦了的皮肤揭了一层又一层。当夏收夏种结束时，我去了那间久违的书店，那位店员迎了上来，生平第一次、也是最后一次跟我说了话：

“有几本新的戏考到了。其实，架上的图书你也可以看的。”

我抬眼看他，他的脸上依然毫无表情，可是我分明感觉到了关爱。不知怎么的，鼻子酸酸的直想掉泪。

那个书店、那些戏考和图书一直伴我到初中毕业，或者说，是伴随着我走过了少年时代最艰难的岁月。虽然我买不起一本书，但那些书已经储存在我的脑子里，让我终生受用不尽。那位店员，你现在还好吗？我真想找到你啊！

潇洒打一架

小时候母亲教管甚严。比如“黎明即起，洒扫庭除”。天蒙蒙亮，妈就将在甜梦中的我从被窝里像刨树桩般刨出来，交给我一把比我还高的大扫帚，让我去“洒扫庭除”。大半个清晨下来，累得我气喘吁吁的，还没将属于我家的那半个“庭除”“洒扫”完毕。

还有好多好多规矩，比如不准靠门倚壁，不准拌嘴弄舌，当然更不得相骂打架。记得有一次邻居打骂得热闹，我拔腿想去看看，妈喝道：“看什么看，要学那歪男泼妇不成?”妈“嘭”的一声将大门一关，将那份轰轰烈烈挡在门外。

因此，我便失去了些该失去的和不该失去的。长大成人之后，便有了许多遗憾和窝囊，受了自以为是天大的委屈，只有下巴哆嗦的份儿，只有偷偷抹泪的份儿，却缺乏奋起反击的勇猛和潇洒。

然而什么事都不是绝对的。在我的经历中，曾有一次真正的打架，一次可以算得上是辉煌的战斗。以致我前年回娘家，还有当年的男娃儿、如今的半老头对我说：“你小时候是很厉害的，那一架打得我们都挺崇拜的。”

村里有个男孩儿叫阿得。阿得是个老来子，跟我差不多年纪，可他父母的老态完全可以和我外公外婆媲美。大概是老来得子的稀罕，老两口对阿得的宠爱是无以复加的。在家时，阿得不是趴在娘背上就是趴在爸背上。一出门，阿得便找邻居孩子打架，在学校里，被打的对象当然是同学。因为每打必胜所向披靡，阿得遂创造了两年时间内被三所学校开除的纪录。常常有被打得落花流水的孩子在家长的牵引下到阿得家告状，这时候肇事者总是逃之夭夭，满村子便响起阿得母亲那略带外地口音的呼唤声："阿得——阿得——"无力又无奈。

那一年我十岁。好像是一个星期六的下午，我们一帮女孩子（我们家乡叫"囡儿"）在晒谷场上跳大绳。那是两根很长的绳子，由站得远远的两人左右手各执一头奋力交叉甩着，其余的囡儿们便像一群小鸟儿在绳子甩出的网里扑进扑出，我们或抱或搂、或蹲或立不住跳动，还要完成丢子儿、拾子儿等种种花样。我们正玩得高兴，阿得不知从哪儿钻了出来，抢走绳头飞快地绕了几圈，将正在跳绳的囡儿们死死捆作一团，其余的囡儿们赶来解围，被阿得几拳就打得哭哭嚷嚷落荒而逃。

我站在一旁，说不出是什么滋味。看看阿得，块头也不比我大，手臂也不比我粗，鼻孔里还活着两条"绿虫"，心里就有了许多的不屑。这时阿得又拖着绳头，想把我也圈进去，我边抗拒边骂："死不了的阿得！"阿得哪里容得别人骂他，将绳头一掼，挥拳对着我来。我这人有个死脾气，凡事盯哪儿算哪儿，从来不知退步抽身。平日里做错了什么妈妈发怒的时候，我总是硬着头皮（或者用双手抱头）任妈妈揍够揍累作罢，从来不求饶不逃跑的。这时候我也将头皮一硬，准备挨一顿好打，转而一想，阿得又不是我妈，不是我爸，我不吃他的饭不穿他的衣，凭什么要任他揍？也不知哪儿来的胆量，我突然对阿得宣战道："我跟你打一架！"

早就围了许多看热闹的，听我喊打，一个个亢奋得很，又是助威又是呐喊，也分不清到底是为我还是为阿得。

可是我从来没有打过架！于是就来个急用现学。阿得的打法有些奇怪：双臂向前平举，拳头紧握，侧身抡动双臂一下下捶我；我认真模仿着，双臂向前平举，侧身抡动胳膊，一下下捶他。我们捶到的都是对方的拳头，拳头捶拳头，生疼，疼得我直想掉泪，我告诫自己："不能哭，一哭你就完了；也不能退，一退你就输了。"我忍受着那疼痛，不但不退，反倒一步步地向前逼进，阿得有生以来头一回遇上个敢和他对打的囡儿，大概也觉得疼，他怔了怔，突然转身跑了。

看客们欢呼雀跃，大声地嘘着，这嘘可完全是朝着阿得了。

从此之后，阿得再也不敢找我寻衅。从此之后，阿得如果在哪儿闹得太甚，就会有人嘘道："阿丹来了！"

闲话城市雕塑

雕塑，是城市的眼睛。看一个城市的雕塑，就能了解这个城市的历史、文化、经济和文明，了解这个城市的综合素质。一个人没有眼睛是痛苦的，一个没有雕塑的城市是混沌、平庸的。

雕塑，是城市的灵魂；一个人如果没有灵魂，哪怕他富可敌国，也只是“金钱粪土”，一个人如果没有灵魂，哪怕他体壮如牛，哪怕她美如天仙，也只是“纵然生得好皮囊，腹内原来草莽”而已。

我们去莫斯科的圣彼得堡，去巴黎、柏林和布鲁塞尔，看到那些矗立在街头、公园的雕塑作品，我们就知道是谁创造了这座城市的历史；这个城市曾经历了多少场战争和劫难，出了哪些英雄；这个城市有多少文化艺术名人，创作了哪些不朽的作品。于是，这个城市就深深地烙在我们的脑海里，而我们也对那些铜铸的和石雕作品肃然起敬。

大奏鼓

《大奏鼓》这座雕塑，矗立在台州市府大道的赤龙山脚。我以为，它是最能体现台州人文精神的。这一组人物，或敲锣，或打鼓，或击木鱼，或吹唢呐，他们形象夸张，表情诙谐，很吸引人眼球。最出彩的是上面那位，大敞着胸怀，把一对铜钹扬得高高的。

杜甫诗曰："台州地阔海冥冥，云水长和岛屿青。"台州绵延630里的海岸线，点缀着大大小小、星星点点的渔村。大多数台州人原来是以捕鱼为生的，《大奏鼓》就是台州古老的渔业图腾。

我编过民间文学三套集成，有一个民谣我至今记忆犹新："南风转北风，心肝翼翼动，忙上岩头望老公，眼泪哭干眼哭肿！"还有一个民谚说得更直白："三寸板上是天堂，三寸板下见阎王。"

这一切都说明，渔家日子的艰辛和凶险。大海茫茫，风浪无情，尤其是从前，生产方式落后，又没有气象预报，渔民们过着靠天吃饭的日子，无力掌控自己的命运。他们往往一出海就是十天半月，甚至半年一年，一家人过着聚少离多的日子。

所以，他们用《大奏鼓》这种舞蹈，张扬生命，宣泄感情，祈求风调雨顺，盼望平安和丰收。

我看过央视1984年拍摄的《大奏鼓》，也看过石塘人表演的《大奏鼓》，感觉跟看别的舞蹈完全不同。舞者全是男性，全是渔民，可偏偏装扮成女性。既然扮成女性，就要亭亭玉立顾盼流转，可是《大奏鼓》的表演剽悍、粗犷，举手投足都展现出十足的男子雄风。

《大奏鼓》学员的妆容也格外夸张。男人们擦着厚厚的白粉，画上鲜艳的腮红，和原本粗粝的脸庞形成强烈的反差。他们的上衣是张扬的蔚蓝，裤子是耀眼的金黄。蔚蓝代表着生养他们的大海，金黄则象征着刚刚从海面挣脱出来的一轮朝阳——我们的温岭石塘，可是第一缕曙光造访的福地啊。

据说，《大奏鼓》原先是女人跳的。渔民们凯旋的日子，渔妇们穿起节日的盛装，载歌载舞，迎接亲人平安归来。后来，男人们太喜欢这种舞蹈了，就把它演变成自己的节目了。

歌 舞

这个“女人”置身台州市文化艺术中心的围墙外，和围墙里日日切磋技艺、夜夜教习箫歌的氛围非常协调。

她上身穿着中式小袄，下身却是裸露的。丰乳、细腰、肥臀，还有平直的小肚，壮硕的脚板，飞扬活泼的神态，简直美轮美奂，尤其是那一头长发，像大雨过后汹涌的瀑布溪流，一泻千里，蓬勃着生命的张力。这个女人妩媚婀娜，鲜活性感。

《歌舞》和《大奏鼓》虽不是同一作者的作品，却有着异曲同工之妙。《大奏鼓》表现的是台州渔汉，《歌舞》表现的则是台州渔妇，一阳一阴，相辅相成。

我曾和朋友谈起，我不喜欢《红楼梦》里的林黛玉，因为她总爱使小性子，动不动望月伤情，动不动对花落泪，除了吃饱了撑的宝哥哥，谁侍候得起？更因为她的身体娇羸无力，弱不胜衣，还有肺结核这可怕的毛病，她“从小吃过的药比饭还多”，谁娶了她谁倒霉，连生男育女都成问题。

《歌舞》把女人塑造得如此康健，我想应该是渔民的女性崇拜。像《歌舞》这种女人，上得厅堂，下得厨房，织得渔网，挑得鱼筐。当然，还有足够的肺活量，把唢呐吹得嘹亮。

久在海上，渔民们特别渴望亲情，渴望爱情，更渴望女人能给家庭添丁。家里有这样一个女人等着，累死累活也心甘情愿了。而惊涛骇浪的捕鱼生活，传宗接代是至关重要的。《歌舞》这样的女人，会养出一大堆壮硕的孩子来。

有首诗云：“喇叭，唢呐，曲儿小腔儿大……”我凝视着这个吹唢呐的女人，猜不出她吹的是什么曲调。

与鲨共舞

这座雕塑是椒江海洋馆的配套设施，它就是海洋馆的广告，孩子们见了，腿就拔不动了，非要进去瞧瞧。

它直观、明白，很适合儿童的口味。看，滚滚的巨浪上，浮游着一条青灰色的鲨鱼，尖利的牙齿，强劲的尾巴，腮仿佛在一开一合，威风凛凛地乘风破浪。而让孩子们特别兴奋的是，和这条海中霸王相依相傍的，竟是一位妙龄姐姐。

我们都是龙的传人，而传说中的龙就住在海底的水晶宫里，人面大鼻、长着一对犄角的龙王，英俊矫健的龙太子，俊俏多情的龙公主，还有随着海浪起伏摇曳的白玉床、珍珠被、珊瑚椅，真是美丽极了，神秘极了。

遨游海底世界，是世世代代中国人的梦想，于是就有了孙悟空、哪吒，有了他们与龙王、龙宫发生的各种各样的故事。

现在，遨游海底已不再是梦想，就像雕塑中的这位女郎，穿上潜水服，背上氧气瓶，再添一对“鸭蹼”，只要潇洒地摆动着双腿，就可以自由自在地去“龙宫”转悠了。

令人遐想的是雕塑中的这对组合——少女、鲨鱼。我们知道，只有海豚温柔、友好、善解人意、愿意和人亲密接触。鲨鱼可是海中恶魔，凶残如同林中的虎、狮，一般海洋动物都难逃它的利齿，这婉丽娇柔的佳人，怎么敢与它共舞呢?

我想，这里面有童心，有幻想，有美好的追求和愿望。我们热爱和平，知道人和大自然要和谐相处；狮、虎都成了人类的保护动物，我们又何尝不能与鲨共舞呢?

天人合一才是最高的境界，社会和谐将是人类永恒的主题。